LA LETTRE DÉCHIRÉE

Nouvelle édition revue par l'auteur.

87, quai Panhard-et-Levassor – 75647 Paris Cedex 13
ISBN : 978-2-0812-6725-1

ELLA BALAERT

LA LETTRE DÉCHIRÉE

Flammarion Jeunesse

À mes enfants,

À tous les Stéphane en difficulté,

Aux jeunes que j'ai rencontrés autour de ce livre

et qui l'ont porté, merci.

1. Prologue

Ce matin le brouillard a brouillé toutes ses pistes.

Stéphane avance en aveugle. D'habitude, il prend ses marques dès le coin de sa rue. Il a ses repères. D'abord, il y a le réverbère, puis la boutique de M. Grumbler, le marchand de disques. À huit heures et quart du matin, la grille du magasin est encore baissée. Stéphane laisse la clef de l'appartement rebondir sur les barreaux de métal : bruit de casseroles tombant d'une cage d'escalier déserte, agression sonore, il aime ça. Cinquante mètres plus loin, des piles de photos d'acteurs, de chanteurs et d'hommes politiques attendent, encore ficelées devant le kiosque à journaux. Stéphane les devine de loin, il met un nom sur les silhouettes élégantes, les sourires brillants et glacés. Parfois, il perd ; il gagne le plus souvent, il les connaît par cœur. Ce sont toujours les mêmes têtes qui reviennent. Puis il tourne à droite, longe le square jusqu'à son pote l'hippopotame. Dans sa gueule béante, il glisse un caillou, un bout de caoutchouc, un chewing-gum séché, une canette de Coca, n'importe quoi, une bouteille à la mer. Il écoute le choc mat de la chute, au fond de la poubelle, puis au-delà. Il imagine le voyage, le long cheminement du déchet à travers la terre et son noyau de feu, jusqu'à sa réapparition de l'autre côté du globe. Il traverse alors de nouveau la rue toute scintillante, astiquée de près. Avec un peu de chance, il peut suivre sur la chaussée les camions de nettoyage. Le collège est en vue, au bout de la rue. Mais Stéphane ne le voit pas. Il regarde à ses pieds. Les balais tourbillonnent avec fracas. Les jets d'eau enlèvent les papiers, les détritus, les saletés. Si seulement ils pouvaient aussi emporter le collège, là-bas. Mais non. Les bulles de mousse éclatent dans le caniveau. Stéphane ne lève pas les yeux, il ne pense qu'aux pavés sous ses pas. Il tire des bords, de plus en plus serrés, d'un trottoir à l'autre, comme un bateau zigzague sous le vent pour avancer. Pour avancer quand même, en dépit du vent qui ne souffle pas assez fort. Trottoir de gauche, la boulangerie, l'odeur des petits pains par le soupirail, trottoir de droite, l'arrêt de bus, trottoir de gauche, les bornes du parvis de l'église, il monte, il saute, les yeux toujours baissés, les pas lourds, trottoir de droite, les premiers sacs, par terre, les ourlets retournés des jeans, les anses métalliques des garages à vélos. Penser au sol sous ses pieds, penser aux chevilles des filles. Plus tard, il se fera marin, il partira. Ne penser qu'à cela. Plus tard.

C'est ainsi que cela se passe, d'habitude. Mais aujourd'hui, jeudi 25 novembre, le brouillard efface tout. Le garçon avance sans repère, sans amer et sans phare. Il est seul, au milieu des embruns de l'aube. Les nuages au sol, les nappes de brume qu'il sent sur sa peau lui sont des vagues qu'il avale, à gorge déployée, en rêvant à la mer. Il peut relever le visage : on ne voit rien. Il avance, pour une fois, les yeux grands ouverts, il regarde droit devant lui sans rien distinguer. Il ne discerne pas la silhouette du collège avant de se heurter aux lettres noires, immenses, clouées à la grille, crucifiées sous ses yeux :

COLLÈGE
LOUIS PASTEUR
ENTRÉE
DES ÉLÈVES

Alors il ramène son regard à terre et se dirige à pas lents vers la salle de cours.

Chapitre 2

Lundi 3 septembre. Le professeur de français fait le premier appel de l'année.

— Lecourt.

— Lemoine.

— Marchand. Stéphane Marchand, tiens, tiens, une vieille connaissance... Ce n'est pas volontaire de ma part. Mais « puisque je retrouve un ami si fidèle / Ma fortune va prendre une face nouvelle », dirait Racine. Enfin, votre fortune, surtout, espérons-le.

— Mazelli.

— Panier.

Présents. Tous présents en ce jour de rentrée, les élèves de 6ᵉ 3. Présent aussi Marchand, Stéphane, assis à l'avant-dernier rang, colonne de gauche, près de la fenêtre. Il regarde M. Lambert, le prof qui vient de l'estampiller, dès le premier jour, lui, le cas Marchand. Élève difficile, ou en difficulté, ou les deux, on ne sait pas trop. L'enseignant poursuit sa lecture, indifférent. Il ne voulait pas agresser. Tout juste le saluer d'un mot quelconque, presque aimable, entre voisins, entre habitués – puisqu'il l'avait déjà l'année précédente.

Cette étiquette de « mauvais élève », Stéphane la porte depuis longtemps. C'est écrit, c'est affiché, là, sur lui, comme dans les vitrines en période de soldes, « *promotion, fin de série* ». Il est convaincu que tout le monde peut le voir, que tout le monde peut le lire. Que cela colle à sa peau. Plus que cela, même : que c'est tatoué sur son corps. Parfois, il retrousse ses manches pour s'assurer qu'on ne le lui a pas gravé sur le bras. C'est plus fort que lui, il ne parvient pas à se raisonner, il faut qu'il relève sa manche et qu'il vérifie. Il s'attend toujours à voir ces mots inscrits, là, dans sa chair. Depuis le temps qu'on lui prédit : « Tu finiras mal, si tu continues, tu finiras mal, toi aussi. » Alors il passe et repasse les doigts sur son bras, mais non, rien, rien encore, ça le démange, mais ce n'est pas encore visible.

— Eh bien, Marchand, qu'est-ce qui vous arrive ? Ça vous gratouille ou ça vous chatouille ?

La classe avait ri. Avec ou contre lui, Stéphane ne savait pas. Il avait rabaissé sa manche. Il avait ri avec les autres.

— Ni l'un ni l'autre, monsieur, ça me fait juste mal.

Il avait répondu en souriant, par défi. La classe avait ri de plus belle. Le professeur de français avait enchaîné, pour assurer son autorité.

— À propos, qui peut me dire de quel ouvrage provient cette réplique, jadis immortalisée par l'acteur Louis Jouvet ?

Stéphane a tenté de se maîtriser, par la suite, de réprimer cette sorte de tic. Il y parvient, le plus souvent. Mais pas toujours : il lui arrive encore, sans le faire exprès, de glisser la main sous sa manche et de frotter le pouce sur son avant-bras, tout doucement.

Chapitre 3

Cette année-là, au début des vacances de Noël, le premier bulletin scolaire tombe avec les premiers flocons de neige. Stéphane le trouve dans la boîte aux lettres, quand il regagne l'appartement. Il reconnaît le tampon circulaire sur l'enveloppe, autour du mot Pasteur. Il est dix-sept heures. Dehors, il fait bleu. Pas jour, pas nuit, pas noir : bleu, bleu marine en haut, vers le ciel, bleu outremer autour des réverbères. La ville a mis, pour la nuit, sa vieille casquette de capitaine et l'invite à partir au loin. La neige accroche quelques lueurs supplémentaires aux guirlandes dégarnies qui traversent la place. Ici, on ne remplacera pas les ampoules grillées avant les fêtes, si les jeunes du quartier continuent à les prendre pour cibles. C'était écrit dans le dernier bulletin municipal. Stéphane ne l'a pas lu mais il a entendu les voisins en parler, dans l'ascenseur. Le journal, les publicités, les prospectus, c'est pour sa mère qu'il les remonte, sans un regard : lui, il ne les lit jamais.

Stéphane a fourré la lettre du directeur dans sa poche. Elle ne peut pas être bonne. Il ne l'ouvre pas. Il la donnera plus tard à sa mère. Pour l'heure, il ressort de l'immeuble, il erre à travers la ville. Il garde les poings serrés dans ses poches et, sous son écharpe, la mâchoire crispée. Il a du mal à marcher. Mais cela ne se voit pas. On peut croire qu'il a simplement froid. Il arrive au pont qui enjambe le fleuve. Au loin, la vieille ville, le vieux quai, serti de vieilles pierres. Ici, un quartier vieilli, des quais industriels, un pont en tubes métalliques, rongé à sa base par le vert-de-gris. Et l'après-midi, le cri des scies et des foreuses, strident comme un appel de mouettes.

Stéphane est accoudé au parapet. La nuit s'est installée. Il appuie son front contre elle, et regarde, tout en bas, les miroitements de l'eau. Il ne bouge pas. Il sent les flocons, de plus en plus denses et blancs, se poser sur ses épaules, peu à peu les recouvrir, les napper comme du sucre glace. Il ne bougera plus. Il laissera la neige l'enrober tout entier, jusqu'à ce que la nuit, ou le fleuve, l'avale. En attendant, il regarde les lumières de Noël batifoler à la surface de l'eau. La guirlande clignote dans la nuit, vaguement familière. Toujours immobile, Stéphane se laisse bercer par les scintillements. Il pourrait s'endormir sur place, le regard accroché aux lumières par la peur du noir. Enfant, avant de basculer dans les rêves, il gardait l'œil ainsi rivé à la veilleuse que sa mère laissait allumée une partie de la nuit. Le cœur lourd et le corps engourdi, Stéphane pèse de plus en plus sur le parapet, fasciné par l'écran noir de l'eau : il y revoit les séquences d'un film que la télévision a diffusé la veille, une version moderne et trash de *La petite fille aux allumettes*, le conte d'Andersen.

Une petite fille, assise sur le trottoir, un briquet à la main   un visage de vieille femme souriant dans la flamme   des vitrines de Noël des cadeaux dans les magasins, des ordinateurs, des téléphones portables, des écrans plats   à la fin, la gamine, son briquet vide, une écuelle devant elle, pour la monnaie, vide aussi   dans la neige qui brillait et l'eau brille aussi   en bas l'eau noire et jaune elle brille et elle danse, elle danse   pourquoi elle me nargue ?

Stéphane n'a pas trop aimé le film. C'était trop triste. Il préfère les séries américaines. Ce n'est pas moins noir, mais au moins, ce sont les méchants qui meurent. Il voudrait se secouer, mais il n'en a plus la force. Il entend dans son dos les pas pressés des gens chargés de courses. Il reste là, hypnotisé par les éclats de l'eau noire. Les reflets de la guirlande y dansent. JOYEUSES FÊTES, disent-ils. Mais Stéphane les regarde sans les voir, étranger à ces deux mots et exclu de cette atmosphère de fête. Il y a longtemps qu'il a pris l'habitude de détourner les yeux des mots. Ce n'est pas qu'il ne les aime pas. Mais il ne les comprend pas : Stéphane, malgré ses treize ans, ne sait pas lire. Et cela, depuis longtemps. Depuis qu'il y avait eu cette histoire, chez lui...

Chapitre 4

Stéphane ne se souvient plus exactement quand ça s'était passé. Ni comment. Il sait qu'il y avait un avant, et qu'ensuite, plus rien n'était pareil à la maison. Il se souvient seulement qu'il était dans la classe de Mme Rodez, qu'elle lui avait adressé quelques mots gentils, des mots polis, de circonstance, avant de l'oublier, au fond de la salle, où il se mit à regarder de plus en plus longuement par la fenêtre.

Il n'avait pas compris la situation. Il y avait eu cette alternance lourde et menaçante de cris et de silences, les mois précédents. Stéphane ne parvient pas à enchaîner les événements, à les enfiler logiquement, à les ordonner. Il y avait eu des orages, des éclairs, partout dans la maison, des portes qui claquent, des départs bruyants, des retours plus bruyants encore et la voix de son père, quand Stéphane redressait la tête :

— Eh bien, vas-y, dis-le, toi aussi, que je suis un salaud.

Stéphane ne disait rien. Il ne savait même pas de quoi ses parents discutaient. Il n'essayait plus de suivre leurs disputes. Comme s'il avait coupé le son, il voyait se déformer les visages et bouger les lèvres de ses parents sans rien entendre. Puis, quand les gestes eux-mêmes paraissaient se ralentir et l'image se brouiller, Stéphane se dirigeait d'un pas mécanique vers sa chambre et, tombant sur son lit, s'y endormait sans délai.

Il y avait eu aussi ce grand calme dans l'appartement. Était-ce avant ? après ? Stéphane ne sait plus. Confusion de plans fixes, coulés dans le marbre : sa mère assise sur son lit, hagarde, devant les portes bâillantes des placards. Les bibelots du vaisselier jetés à terre. Un duvet sous le canapé du salon. Sa mère devant la fenêtre ouverte de la cuisine, aspirant bruyamment l'air froid de l'hiver, plusieurs fois de suite. Son père allongé sur son propre lit, à lui, Stéphane, la tête sous l'oreiller.

Et puis, un jour, un autre calme était tombé sur l'appartement, engourdissant les mots, les gestes, les objets comme une brume matinale.

— Ton père est parti, Stéphane.

— Parti où ?

— Ben, parti... parti pour toujours. Il nous a quittés, quoi.

Stéphane a perdu la mémoire de cette scène. Sa mère parle fort. Elle secoue son enfant, de plus en plus. On dirait qu'elle crache les mots. Elle a le débit rapide et elle secoue Stéphane, elle le secoue dans tous les sens. Quand elle le lâche, il tombe assis sur la moquette et ne bouge plus. Sa mère est en colère, est-ce contre lui ? Où son père est-il parti ? Au ciel, peut-être, sa grand-mère dit toujours qu'on va au ciel, après. Quand son grand-père était mort, c'est déjà ce qu'on lui avait dit : « ton grand-père est parti, il nous a quittés ». Les mêmes mots, ça doit vouloir dire la même chose, non ? Sa mère le retrouve dans la même position quand elle revient, deux minutes après, un papier à la main.

— Tiens, ton père a laissé ça pour toi. Une lettre.

Stéphane ne sait pas encore vraiment lire. Il vient d'entrer en cours préparatoire. Il regarde les signes sur la feuille. Il pense à une chambre d'hôpital, à son grand-père, au zigzag que traçait sur un écran l'aiguille d'un gros appareil posé auprès du lit. Tant que l'aiguille monte et descend, c'est que grand-père respire encore, lui avait-on expliqué. L'écriture de son père monte et descend. Vite, il rend le papier à sa mère, qui ne le prend pas. De toute façon, il ne veut pas le lire, il ne veut pas savoir ce qui est écrit. Ils ne peuvent que faire mal, les mots qui disent pourquoi son père a préféré disparaître en l'abandonnant... Saleté de mots qui mettent sa mère dans cet état. D'ailleurs, depuis le début de l'année, Stéphane pressent que quelque chose de grave se prépare, quelque chose de sérieux. On ne joue plus, les avait prévenus Mme Rodez. À la grande école, on ne joue plus.

— ... et maintenant qu'il n'est plus là, je ne veux plus que tu m'en parles, tu as bien compris, plus jamais.

Voix froide de sa mère. Mme Rodez avait raison. Ce n'est plus drôle. Stéphane ramasse la lettre et lentement, avec application, il la déchire en petits morceaux.

Chapitre 5

Finalement, en ce premier jour de vacances de Noël, c'est une voisine qui l'a ramené chez lui. Stéphane était toujours penché au-dessus du pont, de la neige plein les cheveux. Elle lui a demandé de l'aider à porter un de ses sacs jusqu'à leur immeuble. Elle a bavardé sans s'interrompre, du pont jusqu'à l'ascenseur. Stéphane se demande comment on peut parler autant, comment c'est physiquement possible et comment on trouve autant de choses à dire. Une partie de la neige est tombée de ses épaules quand il s'est redressé pour la suivre ; le reste fond peu à peu tandis qu'il l'écoute. Elle parle des courses qu'elle vient de faire, du prix des choses, de son menu pour le soir. Elle parle de sa sœur qui vient la voir ce week-end et de leur voisine commune qui est à l'hôpital depuis deux jours pour des examens. Elle parle de la neige, précoce cette année, et du chauffage qu'on a rallumé trop tôt dans l'immeuble, surtout pour elle qui habite au dernier étage, déjà trois mois qu'elle a les pieds gonflés par la chaleur qui monte du sol.

Stéphane la laisse dire. Ça le saoule un peu, ce flot de paroles, mais ça lui fait du bien. Ça le rechauffe. Ça lui rappelle cet alcool de menthe sur un sucre que sa mère lui avait donné, un jour. Ses yeux le piquent.

— Et toi, mon garçon, ça va, l'école ? Ta mère m'a dit que tu redoublais ? Ce sont des choses qui arrivent, tu sais. Moi, je dis toujours, on met le temps qu'on met, le principal, c'est d'arriver. Ta mère a reçu ton bulletin ?

Posée dans l'ascenseur, la question prend Stéphane au dépourvu et le dégrise subitement. Traîtresse. Vendue. C'était bien la peine de le ramener du pont, pour lui faire ce coup-ci. Dans sa poche, il sent s'alourdir la lettre du collège. Sûr qu'elle l'a vue à travers le tissu, et même qu'elle a pu lire, à travers l'enveloppe, les appréciations des professeurs. Vieille sorcière.

— Mmm... Non, je te demande ça, parce que moi, je n'ai pas reçu celui de Nico, tu sais, mon plus grand. Alors que j'ai eu ceux des deux autres. Pas toujours fameux, mais enfin... ils s'en sortent. Et puis, l'école, c'est pas tout. Ça aide, bien sûr, mais pas à tout.

Stéphane sent le regard de la femme sur ses cheveux. Elle veut le faire parler. Il s'aperçoit qu'il n'a pas ouvert la bouche depuis le pont. Il ne dit rien, il ne lève pas la tête. L'ascenseur est arrivé à son étage. Il commence à sortir.

— Enfin moi, je dis toujours, ce qui est fait n'est plus à faire, hein, penses-y. Et merci pour le sac.

L'appartement résonne des bruits habituels à cette heure. La télévision crépite dans la salle à manger. Trop fort, pour que sa mère puisse l'entendre de la cuisine, par-dessus les crissements de casseroles, d'assiettes et de couverts, le rissolement des oignons dans la poêle et le ronronnement du four à micro-ondes.

— Tiens, le courrier.

— Ouvre-le, s'il te plaît, j'ai les mains mouillées.

Stéphane a jeté la lettre sur la table, pour s'en débarrasser au plus vite, maintenant qu'il est là. S'il ouvre l'enveloppe, elle va lui demander de lire le bulletin. Or il ne lui a jamais avoué qu'il ne savait pas lire. Elle ne peut pas le deviner. Il le lui cache soigneusement. Qui sait comment elle réagirait ? Avant que sa mère ne puisse le retenir, il a donc déjà quitté la pièce. Qu'elle lise elle-même. Il s'enferme dans la salle de bains et attend. Un quart d'heure, puis un autre. Elle n'a pas ouvert la lettre, ou quoi ? Stéphane se tient face au lavabo. Il regarde le visage du miroir, les yeux gris, les lèvres minces, un peu tombantes. Il ne ressemble pas à sa mère. Elle a plus de joues, plus de chair, plus de rose. L'idée ne lui vient pas de se demander s'il a hérité des traits de son père. Il ne ressemble pas à sa mère, c'est tout.

De l'autre côté du mur, une petite toux indique à Stéphane que sa mère a lu le bulletin. S'éclaircir la gorge a toujours quelque chose d'un peu solennel. Pourtant, elle ne lui demande pas d'ouvrir la porte. Elle ne lui tient pas les discours attendus, les « si c'est pour ça que tu vas à l'école ! », et les « qu'est-ce que je vais faire de toi ? ». Elle parle peu, lentement, elle décrit le bulletin, elle constate. Le redoublement n'est pas profitable, disent-ils ; Stéphane doit se mettre au travail et changer de comportement. Faible, aucun effort, trop de lacunes. Des devoirs non rendus, des absences non justifiées. Dans la voix de la mère, il y a plus de tristesse que de colère. Stéphane espère que pour une fois, elle va le plaindre, le consoler, le soulager. Il ouvre la porte. Elle est appuyée au rebord de la fenêtre, fatiguée, découragée. Humiliée. Elle ne pose pas les yeux directement sur son fils, mais juste à côté, sur une tache du papier peint.

— Il est tard, allons manger, dit-elle. Toi, tu es en vacances, moi, je travaille tôt, demain.

Derrière les vitres, la neige a cessé de tomber. Stéphane songe aux serpentins de lumière qu'il regardait du pont, tout à l'heure. Un jour, il partira, au fil de l'eau. Les ponts, les voisines, sa mère, rien ne l'arrêtera, il prendra le grand large, homme entre ciel et mer, poisson parmi les poissons, libre enfin.

Chapitre 6

— Stéphane, à vous, prenez la suite d'Argante.

— Je ne peux pas, monsieur, je suis enroué.

Quelques-uns dans la classe s'esclaffent, au risque de dénoncer le bluff auprès du professeur. Celui-ci regarde pensivement Stéphane : est-il vraiment malade ou fait-il semblant ?

— Décidément, vous avez toujours de bonnes raisons de ne pas travailler. Ou, comme le dit Molière, « Ah ! ah ! Voici une raison la plus belle du monde. » Cela dit, vous ne vous rendez pas service. Julien, à vous, reprenez la lecture à partir de : « Je ne le déshériterai point ? »

Stéphane baisse la tête et soupire. Ouf ! Il y a encore échappé. Il redoute plus que tout ces cours de français du mardi. Lecture suivie. En général, le professeur interroge les volontaires. Mais, parfois, le sort le désigne. Dans ce cas, Stéphane dispose d'une seconde pour adopter une des stratégies qu'il a élaborées, chez lui, depuis des années maintenant. Une seconde pour décider s'il va être enroué, aphone ou fiévreux ; s'il a mal au cœur, à la tête ou au ventre. Il pourrait en rajouter, être malade de partout à la fois, ou en des endroits bizarres. Ça ferait rire les autres. Mais les profs ne seraient pas dupes. Il doit rester vraisemblable.

Heureusement, il est bon acteur et bon metteur en scène. Il est aussi très entraîné. Il sait tout faire. Il renifle, il tousse, il éternue, il pleure, il se tord de douleur. Plus vrai que nature. Une fois, il a vomi sur sa table. Une autre fois, il est tombé de sa chaise. C'est facile de tromper M. Lambert. Stéphane feint d'être malade, le prof feint de le croire, tout le monde est tranquille.

Mais l'infirmière est plus soupçonneuse et mieux armée. Elle a thermomètre, tensiomètre et stéthoscope... Stéphane s'est donc fait une spécialité de paraître juste *un peu* malade.

Personne, cependant, n'a des rhumes et des gastro-entérites toutes les semaines. Il faut varier les prétextes. Après la maladie, il y a la tactique du rire. Le rire nerveux, énorme, irrépressible. Celui qu'un prof va avoir du mal à punir, et qui va, par contagion, gagner toute la classe. Le rire qui démarre très vite, dès les premières lettres du texte, sur lesquelles Stéphane sait trébucher avec un grand art.

Alors il tente de recommencer sa lecture, il veut témoigner de sa bonne volonté, il reprend au début. Mais c'est plus fort que lui. Il bébégaie d'hilarité, se tronque d'une lettre ou deux, dit *lêche* au lieu de *lâche*, *fesse* au lieu de *fasse*, *miss* au lieu de *messe*, ou pire, *pisse* à la place de *passe*. Il substitue un rôt à un nôtre, s'arrête à miche-main du mot pour lui faire dire autre prose, bref, il improvise avec cuculot, à partir de quelques lettres piochées ici ou là. Comme il tombe rarement sur le mot juste, cela provoque parmi ses camarades une onde de sympathie et le professeur ne peut rien lui reprocher. Derrière ses paupières embuées de ses soi-disant larmes de rire, Stéphane observe son public, pour savoir exactement jusqu'où il peut aller et quand il doit arrêter. Il a longuement travaillé la question. Il a étudié les comiques, à la télévision. Il s'est entraîné chez lui à ouvrir la bouche très grand et sortir toutes ses dents, s'il le faut. Il n'a pas peur de se plier en deux et de s'écrouler sur sa table. Il rit à s'en faire mal au ventre, aux oreilles. Il rit jusqu'à la crampe, jusqu'aux larmes. Il rit jusqu'à ce qu'il juge qu'il a assez ri. Alors, il cesse, progressivement ; il laisse refluer l'hilarité. Quelques derniers soubresauts, un dernier soupir : encore sauvé, encore une partie de gagnée.

La prochaine fois, il fera autre chose. Le coup du rire, ça ne peut marcher que si c'est rare. Il faut le sortir encore moins souvent que le coup de la maladie. Mais ce n'est pas grave. Il a encore d'autres cordes à son arc. Par exemple, susciter la pitié : en voilà un bon plan ! Feindre de ne pas trouver la bonne page du livre. Jouer l'angoisse qui monte dans les mains et au front, consulter le livre du voisin, compulser fébrilement les pages, manifester une maladresse maladive, au point que le livre vole et retombe au sol et que Stéphane, à quatre pattes sous les tables, finisse par s'apercevoir qu'il n'a pas pris le bon ouvrage, paniquer avec une telle exagération qu'elle en devient insoupçonnable, même aux yeux de Stéphane, qui réussit parfois à se persuader lui-même qu'il tremble de peur pour les raisons qu'il montre (il n'a pas le bon livre) et non pour celle qu'il cache (il ne sait pas lire).

Le prof comprend, les copains le plaignent : c'est encore gagné. Et déjà Stéphane pense que la prochaine fois, il dira qu'il n'a pas pu faire son travail pour une raison familiale, qu'il a consacré tellement de temps à réviser son contrôle de maths qu'il n'a pas eu le temps de faire son français, qu'il a du mal à s'organiser, qu'il s'excuse.

Tout. Il est prêt à tout. Pour éviter la honte publique, l'humiliation devant la sentence et son exécution immédiate, là, au centre de tous ces regards. Tout, pour qu'il ne soit pas dit, qu'il ne soit pas révélé, aux yeux de tous, profs, copains, garçons et filles de la classe, que Stéphane ne sait pas, qu'il n'a jamais su lire.

Heureusement pour lui, depuis plus d'un an qu'il suit ses cours, Stéphane connaît bien M. Lambert : il est exigeant, il est distrait, il vit retranché dans son monde, mais il n'est pas méchant et il déteste l'injustice. Stéphane aimerait lui plaire, lui faire plaisir. Il y parvient parfois le vendredi, jour des lectures méthodiques à préparer chez soi. Comme le texte a été lu en classe la veille, Stéphane dépend moins de l'écriture. Il a, au fil des ans et par nécessité, imposé à sa mémoire de retenir jusqu'à une dizaine de lignes. Fort de ce qu'il en a entendu en cours, Stéphane apprend donc, le jeudi soir, le texte du lendemain. Rentré chez lui, il compare son souvenir aux dessins tracés sur la page du manuel qu'il déchiffre vaguement, péniblement. Au bout d'une heure, il n'a pas répondu aux questions à préparer mais il connaît le passage en partie par cœur et, le lendemain, il peut même se porter volontaire pour le lire : les yeux posés sur la page, mobiles avec application, il le récite avec, au cœur, un sentiment étourdissant de revanche et d'impunité.

Chapitre 7

Stéphane n'ignore pas qu'il ne lui sera plus possible de créer longtemps l'illusion. Un jour quelqu'un le démasquera. En attendant, il préfère encore qu'on pense qu'il ne travaille pas et qu'il fait partie du groupe des mauvais élèves.

Parce qu'il y a différents groupes, dans la classe. Le premier, pas en nombre, mais en classement, rassemble quelques fortiches. Tête de classe, Julien, dix ans, et Émeline. Victor dit qu'elle ne doit plus avoir de sang dans le bras, à force de le lever tout le temps pour répondre aux questions. Mais Victor, lui, il appartient au groupe des chahuteurs. Comme François, qui répond avec insolence et ne fait jamais ses devoirs. Comme Aline, qui écoute de la musique dès que les professeurs tournent le dos. Ils n'ont pas remarqué qu'elle cache des écouteurs dans ses cheveux. Comme Karim, qui bavarde tout le temps et passe des sms en cours. Et comme Victor, donc.

Il joue les caïds, Victor. Provoc à tous les étages et dans tous les cours. C'est à cause de son nom, dit-il. Victoire, victorieux, ça impose d'être le plus fort, avec lui, les profs n'ont aucune chance. Ils n'en tireront jamais rien. De toute façon, les études, ça sert à rien. Son vieux n'en a pas fait, et pourtant il roule en BM.

Stéphane ne s'entend pas bien avec Victor. Pas mal non plus. Ils s'ignorent. Mais les profs ont de plus en plus tendance à les mettre dans le même sac. À ne pas confondre avec le sac de ceux qui ne *marchent* pas, comme on dit, mais sans savoir expliquer pourquoi. Eux, ils ne parlent pas. Ils ne chahutent pas. Et ils ne *marchent* pas. Ils se cachent aux premiers rangs, dans les angles morts de la vision. Ils n'arrêtent pas le regard, qui les surplombe ou les traverse, en direction des élèves plus actifs, ou plus agités. On ne s'intéresse pas beaucoup à eux, ils ne s'intéressent pas du tout au cours : c'est donnant-donnant, personne ne peut dire qui commence. Ce sont des transparents. On ne met pas de visage sous leur nom avant un mois ou deux. On les confond. Rapidement, l'année finie, on les oublie.

Stéphane a longtemps appartenu à ce groupe, ce qui lui convenait très bien. Mais cette année il réussit moins bien à s'y fondre. En cours, il affecte nonchalance et indifférence. « J'm'en foutiste », dit de lui le prof de physique. Toujours à la même place, près de la fenêtre du fond, il observe le vieux chêne de la cour. Refleurira ou refleurira pas ? Il paraît que la question se pose depuis cinq ans. Le conseil d'établissement ne se résoud pas à voter l'abattage. L'an dernier encore, l'arbre a reverdi. Stéphane l'avait parié. Mais cette année il a des doutes. Alors, derrière sa fenêtre, il observe le vieil arbre, il guette les premiers signes, immobile sur sa chaise, l'œil un peu fixe, les mains dans les poches et, sauf injonction spéciale du professeur, le blouson sur lui.

Quand il le faut, il sort son cahier, son regard va de sa feuille au tableau, sa main esquisse quelques signes : il recopie le tableau. Chacun pense qu'il s'ennuie, qu'il rêve, qu'il est ailleurs. Rien n'est plus faux. En vérité, il se concentre. Il se force à oublier le réel et les autres, juste ce qu'il faut pour permettre à sa mémoire de passer en mode automatique et de fonctionner mieux, toute seule, sans rien pour la gêner, pour la parasiter. Nul n'imagine ses efforts aux moments de retenir les phrases importantes du cours, celle que le professeur dicte en l'inscrivant au tableau, celle qu'il répète plusieurs fois, celle qu'il précède d'un avertissement, vous retiendrez donc que, et qu'il fait suivre d'une question, c'est bien compris ? Sous son air absent, Stéphane se récite à toute vitesse ces phrases, mécaniquement, sans en changer un mot, sans en chercher le sens.

Il ne s'agit que de retenir, pour répondre aux questions. Le cours est comme un théâtre de marionnettes. Stéphane bouge quand on le fait bouger. Par sa bouche sortent des mots de ventriloque. Il ne comprend pas que personne n'ait encore remarqué qu'il n'est qu'un pantin.

Même ses copains de classe l'ignorent. Il ne se lie avec personne. Ses voisins de table sont occasionnels : ils n'ont rien à lui reprocher, mais ils ne lui trouvent rien de particulier non plus. Tout glisse sur lui. Il y aurait bien Solène. Une fille du groupe des silencieux, des transparents. Stéphane n'a pas souvent l'occasion de l'entendre. Les profs ne l'interrogent pas. Les garçons ne l'embêtent pas. Stéphane n'ose pas l'aborder. Elle passe son temps de récré avec deux copines, toujours les mêmes, à échanger des secrets de filles. Mais son regard parle pour elle. Elle a des yeux noisette aux reflets rieurs, même quand elle ne sourit pas. Un jour, peut-être, il lui parlera. En attendant ce jour, son seul ami, c'est Adrien, le *petit Adrien*, comme tout le monde l'appelle.

Mais Stéphane ne souffre pas de cette solitude. Il la connaît depuis longtemps. Depuis son premier redoublement. Tous ses camarades passaient en CE2 ; lui, non. Trop lent. Les premières grandes humiliations datent de cette année-là. Interdit de suivre les mots avec le doigt. Interdit d'épeler.

Interdit d'écrire comme on parle. Interdit de couper les mots comme on veut. Seulement voilà, lui, il ne sait pas procéder autrement. Les textes lui sont hostiles, il le sent comme on flaire un danger. D'instinct. De retour chez lui, il se garde de sortir ses livres. Ils sont enfermés dans le cartable ? Qu'ils y restent ! Ce n'est pas lui qui va les libérer. Les corps, les nerfs, le sang et les organes de reproduction, mâles et femelles, comme s'il était nécessaire que ça se reproduise, l'espèce humaine, et que ça continue encore longtemps comme ça : allez, zou, dans le manuel de biologie, le livre vert recouvert de plastique jaune. Les batailles, les guerres et tous ces beaux rois dans leurs brocarts et leurs châteaux : ouste, dans le livre d'histoire, le bleu. Car, pendant que les seigneurs roulaient carrosse, ceux qui ne savaient ni lire ni écrire – et ils étaient nombreux –, ceux-là menaient une vie de serfs.

— C'est quoi, un serf, madame ?

— C'est comme un esclave.

Allez, zou, dans le livre d'histoire, les serfs qui ne savent pas lire. Est-ce qu'il a une tête d'esclave, lui, Stéphane ?

Et les livres de français ! Stéphane aime bien, pourtant, les contes, les petites histoires, ce qui se raconte, qui se chantonne, qui se murmure le soir, dans la chaleur du lit, ou, par une nuit sans vent et pleine d'étoiles, sur le gaillard d'avant d'un grand navire, la pipe au bec. Ici, rien à redire : on fait ce qu'on veut, on est seul maître à bord. Les mots s'amusent et se déguisent avec la liberté du carnaval, quand les rôles s'inversent et que les pauvres deviennent les rois. Mais, comme carnaval, ça ne dure pas. Et Stéphane les trouve tristes, les mots rangés dans le manuel de français, couchés sur la feuille, mis au piquet, mis en ordre. Des bataillons de lettres serrés et solennels ; des statues de pierre dans un jardin à la française ; des unités de gendarmerie un jour de défilé présidentiel. Gaaaarde à vous ! Gaaaare à l'orthographe ! Gaaaare à la grammaire ! C'est la rançon de l'écriture : il y a toujours quelque chose à payer, avec elle. Toujours une note, une dette, une facture. Toutes les lettres sont mauvaises. Les lettres de l'alphabet, les lettres des impôts, les lettres du collège, les lettres de l'Administration, les lettres des pères qui disparaissent sans dire où et sans qu'on ait même le droit de le demander. Ce n'est pas un hasard si sa mère a toujours peur du facteur : il apporte rarement de bonnes nouvelles. Non, décidément, depuis longtemps, Stéphane n'aime pas que les choses soient écrites. Mais, il le sait, on ne tardera plus à le démasquer.

Chapitre 8

Passent janvier, février. La vie de Stéphane se déroule au ralenti. Il a troqué son blouson de jean contre un blouson de cuir fourré, dont il remonte le col jusqu'à ses oreilles. Il a grandi de treize centimètres en un an. Plus d'un par mois. Tous ces nouveaux centimètres le gênent, l'encombrent. Il s'entend craquer, il se voit s'allonger indéfiniment comme en des miroirs déformants. Il a l'impression de morceaux de corps qui dépassent à chaque extrémité. Il est aussi grand que sa mère. Bientôt, il la dépassera. Mais jusqu'où ? Il se souvient que son père était immense, mais lui était si petit, à six ans. Il n'ose pas demander à sa mère. Elle lui a interdit de prononcer son nom. Tabou, son père. M. Marchand n'existe plus, Stéphane n'est même plus sûr du prénom, Pierre. À croire qu'il n'a même jamais existé. Elle a fait disparaître toutes les traces de lui, les papiers, les photos, les lettres.

Février, mars : le collège vit en sourdine, enfoui au fond des moufles, des bonnets, des parkas molletonnées. Les cours sont plus alanguis, plus silencieux, plus cotonneux.

À l'écrit, les résultats de Stéphane continuent de baisser. Pente douce, pente sûre et il se laisse glisser. Il ne donne sa mesure qu'à l'oral et encore, en des occasions précises et rares. En anglais, par exemple, chez Mlle Michel (« Miss Michel », comme dit la classe, pour ne pas l'appeler la mère Michel parce qu'elle est plutôt gentille), ses devoirs sont presque inexistants, mais il sait prononcer et accentuer un bon nombre de phrases. En maths, le professeur, une débutante, ne se risque plus à l'interroger depuis que Stéphane, sans l'avoir voulu, a déclenché le plus gros chahut de sa jeune carrière.

C'était un vendredi matin. Elle lui avait posé un problème, qui se soldait par une opération de calcul mental. Stéphane avait proposé plusieurs résultats, tous faux, à la plus grande joie de ses camarades mais au grand dam du professeur.

— Très bien, Stéphane, tableau, tout de suite !

Il avait refusé. Elle n'avait pas cédé. Il s'était levé. Après tout que risquait-il ? L'exclusion du cours ? Tant mieux ! En remontant l'allée centrale, il sentait sur lui les regards des copains, celui de Victor, celui de Solène. Et si cette fois, il s'en tirait ? Si, pour une fois, il réussissait l'exercice ? Il n'avait pas l'air si difficile, après tout... Stéphane se concentra. 80. Oui, ça y était, il était à peu près sûr du résultat. Il se tourna vers la prof :

— 80 ?

— Bien, dit-elle, c'est cela. Écris-le.

Il saisit le feutre que lui tendait la prof... et écrivit au tableau : 4, 20. Passé une seconde de stupéfaction, l'enthousiasme des élèves et l'exaspération de la prof éclatèrent. Les premiers partirent d'un grand rire ; la seconde le renvoya à sa place en l'injuriant à demi-mots.

— Trop fort, mec, lui dit Victor à la fin du cours, en le frappant dans le dos d'une grosse bourrade qui se voulait sympathique. Comment tu l'as cassée, la prof !

Stéphane ne répondit pas. Ce genre de complicité ne l'attirait pas. Puis Solène, passant à ses côtés, le regarda. Elle ne dit rien, l'air même un peu triste – mais elle le regarda et c'était toujours ça de gagné.

— Le coup du 4 et du 20, tu l'as vraiment fait exprès ? lui demanda le petit Adrien.

— Eh bien, euh, oui, évidemment.

Adrien haussa les épaules, avec une moue sceptique. Tant pis, plutôt passer pour un rebelle que pour un imbécile. La prof de maths décida de ne plus jamais interroger Stéphane, dont la mauvaise volonté et le mauvais esprit avaient paru si évidents ; de son côté, Stéphane se jura de refuser désormais de répondre aux questions des professeurs, pour ne plus encourir le risque de tomber dans des pièges aussi grossiers.

Depuis, ses relations avec le cours de français pâtissent de ce changement d'attitude. M. Lambert le croyait empêtré dans des difficultés d'adolescent timide et émotif ; il le découvre boudeur, agressif, têtu. Les devoirs que rend Stéphane se font plus que jamais inconsistants : une ou deux idées qu'il a prises dans son livre et qu'il répète sur tout le paragraphe, sans construction, sans ponctuation, dans une orthographe très personnelle.

— Stéphane, pouvez-vous m'expliquer pourquoi vous écrivez, à trois lignes d'intervalle, le mot « connaître » selon – je compte – cinq manières différentes : *conaitre, connetre, conètre, caunetre* et, bien sûr, *conne*, plus loin, *être* ? J'avoue que je ne comprends pas où vous voulez en venir.

— J'ai pas fait attention, j'étais pressé, fallait que j'aille chercher mon petit frère.

— Ah ? Parce qu'il vous est né un petit frère pendant la nuit ? Vous ne manquez pas d'imagination, mon garçon. Ni de toupet. Méfiez-vous, je pourrais penser avec Corneille que « l'audace impunie enfle trop un courage », et vous donner un jour quelque bonne punition pour vous décourager d'être si insolent.

Ricanement de Victor, regard perplexe de Solène, grimace embêtée d'Adrien. Rien n'y fait. Un frère, une sœur, une famille, sa mère hospitalisée, sa grand-mère mourante, un incendie dans l'immeuble, peu importe la vraisemblance. Il ne s'agit que de répondre. N'importe quoi, pourvu que ce ne soit pas la vérité. Car c'est volontairement qu'il a varié l'orthographe de ce fichu mot « connaître » – et il en a mis du temps, à les trouver toutes – au cas où, sur le lot, par chance, qui sait, une des écritures serait la bonne.

Mais allez dire cela à un prof ! Entre l'école et lui, tant de silences et de malentendus s'accumulent qu'il devient impossible à Stéphane de s'expliquer. Lui seul doit savoir le temps qu'il consacre à son travail. On dit qu'il bâcle ses devoirs ? Qu'il les expédie ? On les lui rend du bout des doigts, pincés à leur extrémité supérieure comme s'il s'agissait de torchons boueux ? Raison de plus pour se taire, ne rien dire, ne rien révéler du prix de chaque mot, de chaque calligraphie. « Quand vous ne connaissez pas l'orthographe d'un mot, faites au plus simple », leur recommande M. Lambert. Stéphane, lui, habille toujours les mots de trop de lettres. Supprimer, choisir, éliminer lui coûte : c'est un maniaque, il enfile les précieuses lettres les unes après les autres sur le fil de l'encre.

Personne ne doit le savoir. Pas même sa mère. Convoquée à plusieurs reprises par le professeur principal de la classe, Mlle Michel, elle a fini par se rendre au collège, un soir, après ses heures de bureau à l'EDF, où elle travaille depuis sept ans. Stéphane n'a pas su ce que les deux femmes se sont dit. Sans doute sa mère a-t-elle cherché à défendre son garçon, à lui trouver des excuses, vous comprenez, un enfant sans père, et moi qui travaille tous les jours jusqu'à dix-neuf heures, le temps de faire les courses et de rentrer, 1 heure 30, des fois, je mets. Sans doute Miss Michel a-t-elle rappelé que la fréquentation d'un établissement scolaire impliquait le respect de certaines règles communes, on ne lui demande pas d'être brillant, mais enfin, toutes ces absences aux devoirs sur table, vous comprenez, vis-à-vis de ses camarades, il doit jouer le jeu.

— Toi, mon garçon, il va falloir te mettre au travail, hein ? Parce que tu ne pourras pas recommencer une troisième sixième. Non mais, qu'est-ce que je vais faire de toi, tu peux me dire ?

— De toute façon, je passerai en cinquième. Ils ne peuvent pas m'obliger à tripler et ils ne peuvent pas m'exclure, je ne suis pas le pire, il y en a qui insultent les profs et qui foutent le bazar en cours. Pas moi. Puis, dans deux ans et quelques, on ne pourra plus me forcer à y aller, j'aurai seize ans.

— Et tu en feras quoi, de tes seize ans, on peut savoir ? Non, franchement, tu finiras mal, si tu continues comme ça, tu finiras mal, toi aussi.

— Si tu le dis, maman...

Stéphane ne pose pas de question sur le sens à donner à ce « toi aussi ». Il a l'habitude de ces allusions. C'est à peine s'il les remarque.

— De toute façon, plus tard, je serai marin.

Mais cette dernière phrase n'arrive pas jusqu'à la mère de Stéphane. Elle a allumé la télévision, très fort, pour l'entendre de la cuisine où elle commence à préparer le repas.

Chapitre 9

— Ben toi alors !

Dans les yeux d'Adrien, l'admiration n'est pas feinte. Stéphane ralentit son geste pour que dure longtemps encore ce regard posé sur lui. Il voudrait pouvoir profiter pleinement de ce regard, le tourner, le retourner comme un cadeau plein de promesses, le découvrir petit à petit sans arracher le papier. Stéphane n'a pas l'habitude de ce qu'il y trouve, dans ce cadeau du fond des yeux. Il hésite à comprendre, il n'ose pas y croire. Cette lueur, cet écarquillement, le sourcil haut, la pupille fixe, c'est quoi, exactement ? De la curiosité ? De l'envie ? Non, pas exactement, plutôt, on dirait, ça ressemble à de l'estime, c'est cela, oui, ça ressemble à de l'admiration. Et Stéphane n'en revient pas. Qu'on l'admire, lui ! Il sent les morceaux qui le composent s'assembler, s'ajuster et prendre corps sous ce regard d'amitié. Et ce corps tout neuf, le sien, a soudain envie de courir et de crier, de se bousculer, de se bouger, de se montrer. Il a envie d'être beau, d'être fort, d'être doux, il a envie de regarder le monde en face, et ses copains dans les yeux, et Solène, ah Solène, c'est plonger tête la première dans ses yeux, dont il a envie.

Stéphane achève son nœud marin. Le douzième qu'il montre à Adrien, en dix minutes. Ses doigts de prestidigitateur font surgir un monde inconnu. Nœud d'ancre, de carrick et de cabestan. Nœud de gueule de raie, boucle d'empile, œil épissé. Il avait enregistré l'émission télévisée pour pouvoir apprendre, s'entraîner pour plus tard, quand il sera marin. Au creux de ses paumes, Stéphane bâtit un monde de sensations fortes, de grandes vagues qui déferlent, de coups de vent qui menacent de déchirer la grand-voile. Il faut que les nœuds tiennent bon, que les cordages soient sûrs. Stéphane explique avec ses mains, avec ses gestes, avec les bouts de corde qu'il entrelace et qu'il serre de toutes ses forces. Adrien aussi se tait. Quand l'heure est grave, parler paraît indécent. Et justement, là, l'heure est solennelle : la tempête se lève, il faut ramener les filets, il faut affaler les voiles. La pêche n'a pas été mauvaise, il s'agit maintenant de rentrer au port, où les attendent les odeurs et la chaleur du bistrot, celle qui vous embue les lunettes à peine vous franchissez le seuil. Ils ont embarqué la veille, ou le matin, sur un bateau de pêche. Ou peut-être six mois auparavant, sur un chalutier en route vers le Grand Nord. Ils n'en ont pas parlé, mais ils savent qu'ils sont loin, très loin de la cour d'école, des cours de maths, des mots à déchiffrer, des leçons à savoir par cœur. Ils ne sont peut-être pas sur le même bateau, ni partis pour les mêmes raisons aux mêmes endroits, mais c'est ensemble qu'ils dérivent et qu'ils rêvent, seuls, assis sous le grand chêne, tandis que la sonnerie invite les élèves du collège Pasteur à rejoindre leurs classes.

— T'en as ramené combien ?

— Cinquante kilos de petits merlans, le double de gros. Du bar et de la belle roussette. Plus vingt casiers de tourteaux. Et toi ?

Stéphane sourit. Adrien est tout de suite entré dans le jeu. Pas besoin de lui faire un dessin, d'expliquer, de raconter, de justifier. D'ailleurs, il ne l'aurait pas fait. Ça passait ou ça cassait, Adrien comprenait, ou non. Il avait compris. Quand ils entrent en cours, une complicité déjà très forte les unit, de celles qui se passent de mots.

En cours, Stéphane a repris sa place au fond de la salle. Adrien la sienne, sur le devant : même derrière ses grosses lunettes, il voit mal, s'il s'éloigne du tableau. Ils n'échangent pas un regard, pas un message, de toute l'heure. À la sortie, ils parlent d'autre chose, assez peu d'ailleurs. Pas de clin d'œil, pas de sous-entendu, pas d'allusion : rien ne vient alourdir l'amitié toute neuve. Le soir venu, en se couchant, Stéphane n'y pense même plus. Il pousse au fond du lit ce corps qui est le sien, qui a grandi trop vite, qui menace toujours de partir en pièces. Puis, comme d'habitude, il les ramasse autour de lui, ces morceaux, il se recroqueville en une petite boule compacte et hermétique, il referme ses longs bras sur ses genoux. Mais, pour la première fois depuis longtemps, il sombre sans délai dans un sommeil sans rêve.

Chapitre 10

Stéphane voudrait tant pouvoir dire ce que c'est, de ne pas savoir lire. Mais à qui ? Adrien risquerait d'être déçu. Ce n'est pas un fortiche, Adrien, mais il s'en sort, comme Solène, avec des moyennes tout à fait correctes. Sa mère lui en voudrait. M. Lambert ne comprendrait pas, lui qui écrit même quand il parle. Et puis c'est impossible. Ce serait comme vouloir expliquer l'air qu'on respire. Il faut regarder quelqu'un dormir pour remarquer que sa poitrine se soulève et que ses lèvres laissent passer l'air qu'elles ont absorbé. Le reste du temps, on ne s'en aperçoit pas. C'est pareil pour la lecture. Stéphane regarde les gens lire et voit leurs lèvres qui bougent, ou leurs yeux. Ils lisent comme ils respirent, sans faire attention. Ils n'y pensent pas. Ils sont trop dedans. Lui, il y pense tout le temps et il reste dehors, au seuil de l'écriture, à la regarder, comme s'il retenait son souffle. Car il y a des mots et des lettres partout, dans ce monde. Des grands et des petits, des bleus, des rouges, des dorés et plein de noirs. Il y en a qui défilent au pas de course, à l'entrée de la ville, sur les panneaux municipaux lumineux – ceux-là lui font peur ; et d'autres, sur les enseignes, qui lancent comme des clins d'œil moqueurs, t'as compris ? t'as pas compris ? et là, t'as compris ? – et ceux-là lui font mal. Il y en a des timides qui rasent les murs sur de petites affiches, et d'autres qui crient et qui agressent, sur d'immenses panneaux. Il y en a aussi qui apparaissent tout d'un coup, très haut dans le ciel, surgis on ne sait d'où. Tirés par un avion. Peints sur des ballons gonflés à l'hélium. Il y en a partout. Sur chaque boutique et chaque papier. Sur les murs et les trottoirs. Des mots collés, peints, suspendus, gravés. Pour qu'ils n'envahissent pas sa propre chambre, Stéphane n'accroche rien à ses murs. Même les photos de groupes musicaux sont pleines de mots. Même le SDF qui fait la manche, place du Marché, a mis quatre mots sur le carton qu'il tient sur ses genoux, près du museau de son chien. *Pour manger SVP merci.* Même le chien comprend. Il sait, il a toujours su. Stéphane, lui, a mis du temps. Il n'osait pas s'arrêter pour prendre le temps de déchiffrer. Il ralentissait, mais pas trop. Il ne voulait pas que l'autre s'imagine qu'il allait lui donner quelque chose. Et même après. *Pour manger merci*, ça allait, mais *SVP*, il ne voyait toujours pas. Il a fallu que sa mère lui explique. Il le lui a demandé, un jour qu'à la radio ils disaient qu'on pouvait « appeler SVP ». Elle lui a expliqué. Maintenant qu'il sait, il s'en souviendra. SVP = s'il vous plaît ; comme etc. = et caetera. Il faut qu'il se souvienne de tout, c'est épuisant. Apprendre, tout apprendre par cœur, le plan de la ville, la place des rayons dans les grands magasins et des objets dans les rayons, la couleur des marques préférées de sa mère, camembert rouge et lessive verte, la boîte aux lettres « pour le département » et la boîte « autres départements », le casier du professeur de maths, et celui de Lambert, les numéros de téléphone d'une bonne quinzaine de services pour ne pas avoir à les chercher dans l'annuaire, les horaires de trains et les numéros des quais, quand il va chez sa grand-mère, tout savoir, tout. Pour tout reconnaître, pour n'être pas obligé de déchiffrer en public, de demander de l'aide autour de lui. Et Stéphane est fatigué. Les joueurs de tennis ont, paraît-il, les muscles d'un bras hypertrophiés. Les aveugles ont l'ouïe particulièrement fine. Stéphane, lui, a la mémoire surdéveloppée. Mais cela le fatigue. Maintenant, même son nom sur un formulaire lui paraît un mot étranger, pis, un ennemi. Nom, prénom, Marchand, Stéphane, âge, treize ans, couleur des yeux, domicile, signes particuliers, profession des parents, des mots qui ne réussissent même plus à lui dire quelque chose, des mots que sa main crispée échoue à tracer correctement, malgré l'habitude, des mots qui lui donnent des crampes aux doigts.

Et puis il y a ce cauchemar, qui revient depuis quelque temps.

L'autre nuit j'ai rêvé que je ne savais plus écrire mon propre nom un homme me montrait des cartes d'identité il fallait que je reconnaisse la mienne   c'était à une frontière l'homme était soldat les cartes étaient déchirées tachées, les photos enlevées, je ne retrouvais pas la mienne   je devais en prendre une pour passer la frontière mais je ne savais pas laquelle choisir   alors je me suis mis à courir pour franchir quand même la ligne je me suis réveillé quand   on a commencé à me tirer dessus du haut des miradors.

Chapitre 11

Depuis la mi-mars, le vieux chêne se décide à bourgeonner de nouveau. Stéphane et Adrien s'y retrouvent régulièrement, à présent. Le *petit Adrien,* comme on dit. Parce qu'il est plus petit que les autres. Pas plus jeune, mais plus petit. Personne ne sait dire pourquoi Adrien ne grandit plus depuis deux ans. Personne n'y prête d'ailleurs vraiment attention, mais tout le monde l'appelle le *petit Adrien,* même Julien, qui a pourtant deux ans de moins. Personne ne saurait dire non plus ce qu'Adrien en pense. Si on le lui demandait, il est probable qu'il remplirait ses joues d'air et les dégonflerait de l'index. Libre à chacun de comprendre ce qu'il veut : Adrien parle mais on ignore ce qu'il pense ; il est prolixe mais secret ; il s'entend bien avec tout le monde et ne reste avec personne.

Jusqu'à Stéphane, le seul à l'intriguer, à résister aux bavardages. Adrien l'observe, depuis Noël, il le voit qui se braque, le menton dans le col de son blouson, zippé jusqu'au haut. Il le voit qui s'arme de silences agressifs et boudeurs, et c'est là que le garçon lui paraît sympathique. Beaucoup plus que quand il joue son rôle de fier-à-bras et de chahuteur. Alors Adrien prend l'habitude de le rejoindre aux interclasses.

Stéphane est renfrogné. Les premiers jours, ils ne parlent pas beaucoup. Et parfois pas du tout. C'est assez nouveau pour Adrien, qui est un grand bavard – mais pas désagréable. Chacun reste dans son monde ; puis invite l'autre à s'y glisser. Celui de Stéphane sent le sel et l'iode, les cales pleines de poissons séchés – cette odeur que l'on peut respirer quand on se promène au port, dit-il. Sur le pont brillent les imperméables jaunes et le caoutchouc vert des bottes et des cuissardes. Les filets sont rangés en tas de couleur, les mailles fines en jaune, les moyennes mailles en nylon rose et les grosses mailles en cordage enduit de bleu : c'est le monde de la mer.

Celui d'Adrien n'est pas moins coloré. Ici, un rouge métallique, là, une laque bleu azur, plus loin, une ligne noire vernie. Les carrosseries pétaradantes rutilent au soleil et tout autour d'elles, parcourant la piste et les tribunes au gré des logos et des spectateurs, une variété chaotique et éblouissante de tons. Cela sent l'essence et l'huile, dans les hurlements des moteurs et les cris de la foule : le monde d'Adrien est celui de la formule 1. Il apporte à Stéphane les photos de ses héros favoris et les tableaux comparés des performances techniques de leurs bolides. Puis, les joues gonflées, il ronfle et couine et crisse les dents serrées, pour mimer en silence une folle course, immobiles au milieu de la cour.

Le lendemain, enhardi, c'est Stéphane qui raconte. Pour lui, c'est parler qui est assez nouveau – mais pas désagréable non plus. Il raconte le poids d'une ancre, le tonnage d'un chalutier, les balises, rouges ou vertes, et le nom des principales étoiles à connaître pour s'orienter. Il ne les connaît pas encore, mais ça viendra. Et s'il n'en est pas très sûr, il l'affirme tout de même avec aplomb. Adrien non plus n'en doute pas. Lui aussi, un jour, il affrontera le danger. Ce ne sera pas le même que Stéphane, mais ce ne sera pas une expérience moins forte. Et chacun se prépare à l'inévitable rencontre avec son destin : Adrien, dans sa bulle de métal lancée sur la piste circulaire comme la bille des roulettes de casino et, comme là, il n'y a pas de demi-mesure possible, c'est rouge ou noir, pair ou impair, la vie ou la mort ; Stéphane, dans sa coquille de noix ballottée sur les crêtes saillantes des eaux furieuses : deux face-à-face dont les garçons sortent dans un état variable avec l'humeur et le jour. Parfois triomphants, parfois blessés. Et parfois morts. Alors Adrien retire des eaux le corps ballonné de son ami, qu'une vague a reconduit à la terre. Et Stéphane extrait délicatement de la carlingue en feu le cadavre tordu de son vieux copain.

Ils se racontent tout cela assis au pied du vieil arbre, par petites bribes, par allusions. Dans les récits d'Adrien entrent des rêves, des souvenirs de reportages vus à la télé et des courses de jeux vidéos, qu'il a faites sur sa console ou sur sa Wii. Dans ceux de Stéphane, il n'y a que des rêves. Il n'a pas la Wii. Il a perdu, ou cassé, la console avec laquelle, de toute façon, il ne jouait pas. Et à la télé, il est rare qu'on montre des pêcheurs. Les bateaux qu'on y voit sont des bateaux de courses. Bâtis pour gagner. Pour triompher. Pour remporter des coupes. Rien à voir avec Stéphane, qui préfère les bateaux de pêche du vieux port.

Mais, bien entendu, mourir et ressusciter ensemble plusieurs fois par semaine, en pleine mer ou sur la piste, cela finit par créer des liens entre Stéphane et Adrien. Les premières questions d'Adrien surgissent au printemps. Un samedi midi. Ils marchent vers le centre commercial. Ils ont l'habitude d'y flâner, à cette heure-là de la semaine. Ils y restent deux ou trois heures, parfois plus. Ils s'assoient près de la fontaine, sur la margelle en petites faïences. Ils regardent marcher les gens. Ils ne voient pas passer le temps, fantôme silencieux, fondu dans la foule, silhouette parmi les silhouettes. D'autres hommes, assis près d'eux, le regard plus fixe, le dos plus voûté, l'habit plus poussiéreux, semblent au contraire ne voir que lui. Ils le suivent des yeux, ils lui parlent, ils l'interpellent, « ah, de mon temps », ou bien « ah, quelle époque ». Il y en a un qui dit toujours « allez-y, allez-y, achetez, consommez, il n'y en a plus que pour le fric, maintenant ». Alors des gens se retournent, curieux, puis s'éloignent en pressant le pas. Un peu plus tard, des vigiles accompagnés de leurs chiens-loups viendront demander de partir à ces SDF rapiécés de partout. Stéphane et Adrien peuvent rester, eux : ils ne font rien de mal ; ils ne gênent pas le commerce. Parfois, ils s'installent à la brasserie qui fait face à la fontaine. Juchés sur de hauts tabourets, ils sirotent un Coca. Seul, Stéphane n'aime pas cet endroit. Il se sent en vitrine, c'est lui qu'on regarde, lui qu'on montre du doigt. Mais avec Adrien, ça va.

C'est donc là qu'ils se retrouvent, ce samedi 30 mars. Adrien a proposé qu'ils aillent chez Stéphane, mais celui-ci, comme d'habitude, a refusé d'un geste vague. Adrien veut savoir, veut comprendre pourquoi. Il est intrigué, de plus, il est vexé. Il sent de la honte dans la moue et dans le geste de la main qui l'écartent. Il décide d'interroger Stéphane. Spontanément, comme s'il pressentait une zone de danger, il pose des questions détournées, sur les lieux, pas sur les gens, du moins pas directement. Où Stéphane habite. Dans quel bloc. Ce qu'il a collé aux murs comme affiches de cinéma ou de musique. S'il a un lecteur de CD ou de DVD. S'il a une chambre pour lui tout seul ou s'il est obligé de partager ; lui, c'est avec son petit frère de six ans, heureusement, c'est lui, Adrien, qui dort dans le lit du haut et il a pu installer une veilleuse, mais tout de même. Comment sont les cloisons et s'il n'entend pas trop les voisins ou la télé ou les poubelles qui dégringolent ou la porte d'entrée.

Ou les parents. Adrien, lui, c'était presque toutes les nuits, l'année précédente. Des cris, des reproches, des noms d'oiseaux. Ils se retenaient un peu devant son frère et lui, mais ils se rattrapaient le soir et déballaient sur le tapis de la salle le grand sac plein de peurs, de rancœurs, de jalousies, d'histoires de belles-mères. Et de menaces de divorce. Adrien finissait par souhaiter qu'ils passent à l'acte et qu'on en finisse avec ces disputes permanentes, mais non, le lendemain, ses parents paraissaient avoir tout oublié.

— C'est pareil chez toi ?

Stéphane se contente d'une réponse sibylline :

— Mmmm...

Ça lui rapelle quelque chose, pourtant, ce que raconte Adrien, mais c'était il y a longtemps. C'était avant et il n'a pas envie de fouiller sa mémoire.

Adrien continue :

— Quand je pense à ce que je prends, moi, quand je casse un malheureux jouet. « Tu répares ou tu rembourses ! » ils me disent. Les parents cassent bien pire. Toutes les nuits, mon frère grimpe d'un étage, le menton tremblant, son singe sous le bras. Pas si petit, le *petit Adrien*, dans ces cas-là, tu peux me croire. Faut bien que j'assure...

Et puis ses parents ont réparé les dégâts. Encore quelques cris, quelques larmes et la robe de la mère a commencé à se gonfler, vers Noël. À présent elle est bien ronde, sa bouée de sauvetage à la taille : ce sera une fille, paraît-il. C'est pas encore ce coup-ci que le couple va se noyer.

— N'empêche, c'était bien la peine de faire tout ce raffut, pas vrai ? Il est comment, toi, ton père ? Il crie ? Il cogne ?

Les questions d'Adrien envahissent Stéphane. Elles remuent tant de vase, qu'il avait laissée décanter et reposer au fond de lui. Adrien la fait remonter et la voilà qui pète en grosses bulles grises et nauséabondes, à la surface de sa mémoire. Non, ses parents ne se disputent pas. Non, il n'a pas de frère. Non, son père, non.

À présent, le centre commercial est en vue. Stéphane a de moins en moins envie d'aller à la brasserie. À ses côtés, Adrien parle encore. Alors Stéphane ajoute, sans réfléchir, juste pour couper court aux confidences :

— De toute façon, moi, mes parents, ils ne peuvent pas se chamailler : mon père est mort.

Voilà, c'est dit. Quatre petits mots, très courts, très rapides, comme des coups de couteau. Et comme dans un film Stéphane se retrouve hébété, meurtrier. Il comprend peu à peu ce qu'il a fait, ce qu'il a dit, il voudrait revenir en arrière – oh, pas de beaucoup, cinq minutes, même pas –, mais il ne peut pas, il est dans l'après, définitivement, et son père est mort.

— Ah bon ? Il y a combien de temps ? s'étonne Adrien.

— Je ne sais pas exactement, il y a longtemps.

— Il est mort de quoi ?

— Euh, je ne sais plus. Il est parti brutalement. Il était, euh, il était malade, sûrement.

— Ah bon ? De quoi ?

— Je peux pas te dire, un mot compliqué.

— Et elle est où, sa tombe ?

— Sa tombe ? Je ne sais pas. Enfin, je veux dire, il n'en a pas, je crois.

— Remarque, ça vaut peut-être mieux, comme ça, t'as pas besoin d'aller la fleurir avec ta mère.

Moi, je dois l'accompagner, pour mon grand-père, tu parles d'un truc. On ne lui a jamais offert de fleurs, de son vivant, il aurait été vexé. Mais maintenant qu'il est mort, c'est tous les ans à la Toussaint qu'il y a droit. C'est drôle, hein, les fleurs ça s'offre aux meufs et aux morts.

Stéphane l'entend à peine. Il pousse du pied devant lui une canette de bière vide. Elle rebondit dans un bruit métallique désagréable, qui lui fait mal aux dents. De quoi Adrien lui parle-t-il ? Fleurir une tombe ? Stéphane n'a aucune envie d'écouter son copain. Il tape du pied sa canette de bière, encore et encore, de plus en plus fort, et ne pense plus qu'à elle. Le bruit qu'elle fait. L'espace qu'elle franchit. La manière dont elle roule de guingois. Plus rien n'existe qu'elle. Son métal abîmé, enfoncé, plié en deux. L'homme qui l'a bue. En marchant, peut-être, en allant à un rendez-vous. Peut-être avec une fille. Ou au cinéma, le Gaumont n'est pas loin.

Stéphane n'entend plus Adrien, il l'a oublié. Quoi ? Son père est mort ? Il ne veut même pas y penser. Il ne voit, en imagination, que l'homme à la canette. À tous les coups, il n'est pas vieux, la trentaine, à peu près. Il porte un jean, un pull à col roulé, une parka ouverte. Il parle fort, il claque les talons en marchant. Il va voir un film américain. Il tient la canette de la main droite, il la lape bruyamment. Il rote sans retenue. L'ensemble est un peu obscène. L'homme vise une poubelle, il lance sa canette. Il rate son but. La boîte roule bruyamment et va buter contre un poteau. L'homme va son chemin, sans la ramasser. Stéphane veut le rappeler, il ouvre déjà la bouche. Mais la parka a disparu. L'homme n'existe que dans sa tête. La vision s'efface, les bruits de la ville reviennent, Adrien est à sa droite. Il n'a rien remarqué. Il parle toujours de son grand-père. La maison des vacances. Le jardin potager. Stéphane cherche de quoi ils pouvaient bien discuter, avant. Comment la conversation en est-elle venue au grand-père ? Comment ? Il ne se souvient plus. Bah, ce ne devait pas être important.

— On se prend un sandwich ? demande Adrien.

Ils sont entrés dans le centre. Oui, Stéphane est d'accord pour un Coca, une table sur le devant, pour voir les gens passer. Ils ont le temps. À deux heures et demie, Adrien part au foot. Stéphane ira se promener du côté du pont neuf. Ou bien il rentrera directement. Il ne sait pas encore. Il verra. Il a le temps. C'est le printemps, dehors, il fait beau.

Chapitre 12

Ils auraient pu en rester là. Mais le même soir, Stéphane se réveille en sursaut.

Un homme qui joue au foot avec une boîte vide. Adrien qui lui dit : « Je te présente mon grand-père », et lui, Stéphane, qui répond : « Mais non, c'est mon père, mon père, tu sais, celui qui est mort. » Et puis soudain, l'homme disparaît, tombe dans le vide en emportant Stéphane avec lui par la manche.

Les aiguilles fluorescentes du réveil indiquent trois heures et quart du matin. Les stores filtrent les lumières extérieures, celles des lampadaires de la rue, qui deviennent moins jaunes, moins vives, moins tremblotantes en entrant dans la chambre. Les ombres de sa chaise, de son fauteuil, de ses vêtements sur la patère s'étalent sur les murs en des attitudes grotesques. Stéphane respire fort, volontairement, pour s'entendre. Il ne veut pas allumer la lampe, pas encore ; juste savoir s'il dort ou s'il rêve. Peu à peu lui revient en mémoire la conversation de la veille. Les questions d'Adrien le giflent à pleine volée. Stéphane mesure soudain à quel point il a laissé s'effacer le souvenir de son père. Au début, lorsqu'il pensait à lui, il le revoyait jouant au ballon, dans le parking, le soir, ou pêchant la petite crevette grise, pendant les vacances. Ensuite, il avait simplement pensé de moins en moins souvent à lui. Puis, plus du tout. Cela s'était fait tout seul, comme sa mère l'avait exigé.

Stéphane sent que son corps se couvre de sueur. C'est la réaction au cauchemar. Il voudrait quitter ce lit, quitter ce corps, partir loin de cette flaque de sueur qui l'écœure et revenir en arrière, retourner avant, avant le cauchemar et la nuit, avant Adrien, avant que son père... Stéphane se soulève lentement sur un coude. Il s'oblige à penser jusqu'au bout de sa phrase. Ne pas oublier, ne pas dériver, ne pas se rendormir. Avant que son père... quoi ? Ne meure, comme il l'a dit à Adrien ? Ne s'en aille ? Est-ce pareil, partir et mourir ? Grand-mère aussi dit toujours de ses défuntes copines qu'elles l'ont quittée. Mais cela ne peut pas être pareil. Stéphane est maintenant bien réveillé. Quelque chose ne va pas, mais quoi ? Quelque chose ne sonne pas normalement dans cette phrase qu'il a dite à Adrien, à propos de son père. Stéphane essaie de se souvenir. Qu'est-ce qui s'est passé, au juste, autrefois ? Il y a bien eu un jour où quelque chose s'est produit. Quand son père a disparu. Qu'est-ce que sa mère lui a dit, ce jour-là ? Et qu'est-ce qu'elle lui a caché ?

Stéphane ferme les yeux pour mieux se concentrer mais il ne voit rien. Quel âge a-t-il ? Qui le lui a appris ? Sa mère, sûrement, mais comment est-elle ? Elle pleure, sans doute, on pleure en général. Stéphane cherche mais rien ne vient, il voit sa mère triste, il la voit en colère, mais elle ne pleure pas, c'est cela, il en est sûr, à présent, elle ne pleure pas. Et lui ? Lui, que fait-il ? Est-ce qu'il joue, est-ce qu'il crie ? Est-ce qu'il comprend ? Pourquoi grand-mère n'est-elle pas avec lui ? Stéphane revoit l'appartement de sa grand-mère maternelle, dans la ville voisine. Il s'y rend souvent, pour un jour, un week-end. Sa mère lui donne l'argent du voyage aller, sa grand-mère celui du voyage retour. Il y a déjà passé plusieurs séjours, pendant les vacances. Il s'y ennuie un peu, mais il préfère encore y regarder la télévision tout l'après-midi, plutôt que de pointer au centre aéré du quartier. Une fois – était-ce cette fois-là ? – quand il était petit, il est resté quelques jours chez elle, en période scolaire. Il s'en souvient encore, parce que sa grand-mère allait chercher à l'école des enfants de voisins, le midi. Ils l'appelaient mamie, comme lui. Elle trouvait cela normal. Elle leur donnait à manger puis les reconduisait à l'école, l'après-midi – sauf un petit de trois ans qui restait faire la sieste chez elle. Le plus grand revenait le soir. Il goûtait avec Stéphane et le petit, puis il faisait ses devoirs et ensemble ils regardaient la télé, jusqu'à l'arrivée des mères. Le garçon avait attaqué dès le premier jour.

— Qu'est-ce que tu as ? Tu es malade ? Pourquoi tu ne vas pas à l'école ? C'est quoi, comme maladie ? C'est contagieux ?

Sa grand-mère avait répondu à sa place. Stéphane ne sait plus quoi. Il a aussi oublié le nom du garçon. Il le croise en ville, parfois, mais ils ne se parlent pas. À son retour chez lui, la mère de Stéphane lui a remis un mot pour l'institutrice, Mme Rodez. L'enveloppe était cachetée. Stéphane n'aurait pas lu, de toute façon. Sa mère lui a expliqué.

— J'ai écrit que tu as été malade et que tu t'es reposé chez ta grand-mère.

La maîtresse l'avait embrassé, devant les autres, ce qui l'avait beaucoup gêné. Et puisqu'ils voulaient tous le voir malade, peut-être l'était-il, après tout. Peut-être l'est-il encore, malade. Malade de cette mémoire qui fiche le camp sans crier gare, comme hier, dans la rue, quand il se promenait avec Adrien. De cette mémoire qu'il doit cravacher sans répit pour qu'elle veuille bien emporter quelques miettes du cours de français, le numéro du dentiste ou comment s'écrit le nom de jeune fille de sa mère. Stéphane voit bien que ce qui lui demande tant d'efforts est naturel chez les autres. Pourquoi pas lui ? Il n'est donc pas de même nature ? Il n'est pas fait comme les autres ?

Au bord des larmes, il se lève de son lit. Il faut qu'il bouge, qu'il marche, qu'il mange, pourvu qu'il change le cours de ses pensées. Derrière les stores, le bleu de la nuit commence à pâlir. Non, sa mémoire fonctionne très bien, et il n'est pas plus bête que d'autres. C'est Adrien qui a raison, son copain Adrien. Si son père a disparu, ce n'est pas sans raison. Il y avait des causes et forcément, il en reste des traces : Stéphane découvrira les unes et les autres.

Il repose le morceau de fromage sur la table de la cuisine silencieuse. Finalement, il n'a pas faim. Sa bouche est pâteuse et ses yeux douloureux. Il voudrait sortir, aller se promener, voir le jour se lever sur le fleuve. Il voudrait accompagner les premiers bateaux qui vont quitter les quais en direction de la mer, il voudrait se tenir à la proue du premier d'entre eux, debout, les bras tendus pour étreindre l'aube à son réveil et lui arracher son voile léger de vapeurs blanches et roses. Un jour, il partira. Aujourd'hui, il ne peut pas : il faudrait laisser un mot à sa mère, une lettre d'explication, quelque chose. Mais un jour, il partira. Lui aussi. Stéphane tressaille. Il a parlé à voix haute et le mot « partir » a sonné bizarrement dans la cuisine. Comme un écho lointain, assourdi, rebondissant d'un mur à l'autre de la pièce. Est-ce cela que son père a éprouvé ? Si cela se trouve, il a pris un bateau, lui aussi un beau matin. Sans laisser de mot, sans donner d'explication ?

Stéphane a collé son front à la vitre pour calmer les élancements d'une migraine naissante. Il ne se souvient de rien de précis, mais tout cela commence à lui rappeler quelque chose. Il ne sait pas encore quoi. Mais il recollera les morceaux. Et il trouvera.

Chapitre 13

Le diagnostic tombe en avril, quinze jours avant les vacances de Pâques. Stéphane a passé le week-end chez sa grand-mère. Il pensait interroger la vieille femme, mais elle perd un peu la tête en ce moment. Et puis elle n'a jamais aimé le père de Stéphane. Elle prenait toujours le parti de sa fille contre lui. Elle vit à cinquante kilomètres de chez eux, dans les terres. Stéphane aime s'y rendre à cette saison et guetter par les fenêtres du train les premières fleurs de cerisier. Il est encore un peu trop tôt dans le printemps. Au prochain week-end, peut-être, les moutons blancs feront-ils leur apparition dans les branches.

Et puis, de retour chez lui, la lettre du collège est là, sur la table de la cuisine, ouverte, défroissée, près de l'enveloppe au tampon circulaire. La mère de Stéphane est assise, mains posées à plat devant elle, prête à l'affrontement. Stéphane voit bien que le moment devrait être solennel, pourtant il ne peut s'empêcher de sourire. Il brasse trop de pensées nouvelles dans sa tête, depuis quelque temps. Trop de questions dont il n'a pas encore fait part à sa mère, pour que l'arrivée du bulletin trimestriel constitue un événement. De ce côté-là, Stéphane n'a rien à attendre de neuf, il le sait depuis longtemps.

— Ton bulletin, dit sa mère en désignant la lettre du menton. Et il n'y a pas de quoi rire, crois-moi. Il va falloir prendre des décisions, mon garçon. Et sérieuses, cette fois-ci.

Le même discours depuis des années. Stéphane se retient de hausser les épaules. C'est, chaque fois, la dernière fois que sa mère veut lire un tel bulletin.

— Qu'est-ce qu'ils disent ?

— Lis toi-même. (La mère tend le papier à son garçon, puis le reprend.) Ou... tu préfères peut-être que je le fasse ?

Stéphane attrape la feuille par un angle. Un papier si friable, si léger. Presque du papier de soie, celui dont on enveloppe les objets fragiles pour éviter qu'ils ne se brisent. Stéphane regarde les écritures de ses professeurs. Les rondes succèdent aux pointues et les noires aux bleues. Certains s'étalent et remplissent toute leur case, d'autres se contentent d'un jugement expéditif. Stéphane les a mis en colère ce trimestre : un peu partout, cela se termine par des mots en majuscules et deux ou trois points d'exclamation. Il sait d'expérience ce que cela signifie, ce genre de signes. Ça veut dire « profs pas contents », « gros savon à la maison ». De fait, il déchiffre laborieusement quelques-uns des mots les plus gros : NUL, PAS DE NOTES !!! Il rend à sa mère le document.

— Maintenant tu m'expliques, dit-elle. Pas une seule moyenne au-dessus de cinq. Et encore, grâce à l'oral. Et quand tu as des notes. Tu as lu ce que dit ton prof principal, en bas ?

— Euh, non, je n'ai pas été jusqu'au bout.

Stéphane reprend le papier. Les trois lignes du bas sont épouvantablement mal écrites. Il ne pourra jamais les déchiffrer. Pourtant, il pressent qu'il devrait le faire. Pourquoi sa mère ne lui en a-t-elle pas donné le contenu ? Est-ce un test ? Ou est-ce qu'elle a trop honte de son fils pour prononcer à voix haute le jugement ? Stéphane fixe avec désespoir les petites lettres mal formées. Il reconnaît le premier mot : Stéphane. Les petites lettres parlent de lui. Il est là, ici, tout entier contenu dans ces quelques traces d'encre. Stéphane sait bien que ces bulletins le suivront toujours. Où qu'il aille, quoi qu'il veuille faire. Pour s'inscrire n'importe où, il devra montrer cette patte mal blanchie, exhiber ce dossier. Il ignore encore ce que les mots contiennent, mais il devine, à la réaction de sa mère, qu'ils ne lui laissent aucune chance. Les yeux toujours posés sur la feuille, il pense très fort au bateau qui l'emmènera au loin, au large, là où personne ne lui demandera ses papiers.

— Alors ?

La voix de sa mère déchire le voile de rêverie qui s'était glissé entre les yeux de Stéphane et le bulletin. Son regard accroche alors un mot bizarre, dans la phrase de son professeur. Un mot pas comme les autres, un mot souligné de deux gros traits. D'instinct, Stéphane sait. Son sort se joue là, dans ce mot. Il a deviné l'ennemi. Il ne le quitte plus des yeux, le balaie du regard, de gauche à droite et de droite à gauche. Le mot est plein de bâtons dressés comme les barreaux d'une grille. Il reste encore au seuil du mot. Il n'ose pas entrer. De toute façon, il n'a pas la clef.

— Alors ? s'impatiente à nouveau sa mère. Qu'est-ce que tu en dis ?

Stéphane serre le poing gauche, celui qui ne tient pas la feuille, celui qui est resté dans la poche, à l'abri. Allons, il faut y aller. Le moment qu'il redoute depuis des années est arrivé, il en est sûr, à présent. Il a peur. En même temps, il éprouve une sorte de joie fébrile, impatiente : quelque chose va se produire, enfin. Il prend son élan, pour entrer dans le mot. Il commence à déchiffrer, lettre après lettre, I-L-L-E-T-T-R-É. Ça y est, il est dans le mot.

Il ne le comprend pas. Mais il dépose sur ce mot l'énorme fardeau qui lui pèse sur le dos depuis si longtemps. Bizarrement, il se sent plus léger. Les profs râlent, sa mère a l'air furieuse, et lui, il se sent presque mieux. Car maintenant le fait est là, sur la table, noir sur blanc, souligné de deux traits. Ils ont sûrement trouvé son secret. C'est moins douloureux de savoir que ça porte un nom et que ça existe, en dehors de soi. Stéphane se redresse et lève les yeux sur sa mère. Pourquoi garde-t-elle ce regard courroucé ? De quoi lui en veut-elle ?

— C'est cela, dit-il, par défi. C'est exactement cela.

— Quoi ? On se demande si tu n'es pas « illettré », et toi, tu approuves ? Sais-tu ce que c'est, au moins, un « illettré » ?

Non, bien sûr, Stéphane ne sait pas. Il ne savait même pas comment le prononcer, ce mot. Et alors ? Tout ce qu'il voit, c'est que, même s'il n'est pas agréable, même s'il ne fait pas plaisir à sa mère, ce mot lui fait du bien, à lui. Car pour la première fois, Stéphane n'a plus le sentiment de se battre seul contre le monde entier.

— Cela signifie que ton professeur te prend pour un imbécile qui ne sait même pas lire. Est-ce que tu te rends compte de l'image que tu donnes ? Même pas lire ! À ton âge !

Nous y voilà. Stéphane ne baisse pas les yeux. Advienne que pourra.

— Et alors ? Il a raison, maman. Je ne sais pas lire. Je n'ai jamais su.

La gifle est partie toute seule. La mère et le fils, debout de part et d'autre de la table, se regardent sans rien dire. La mère n'est pas fière : elle n'a pas l'habitude de frapper son enfant. Il n'a pas l'habitude, non plus, de la défier comme il le fait à présent, le visage inexpressif mais le regard plongé dans le sien. C'est peut-être ce qu'elle supporte le moins, cet air de provocation qu'elle devine dans l'attitude têtue du garçon. Il ne lui en faut pas davantage pour entrevoir le comportement qu'il doit adopter en classe.

— Est-ce que, par hasard, tu te moques de moi ? Tu trouves que je n'ai pas une vie assez difficile comme ça ? Ça te va bien de faire le fanfaron, je t'assure.

Elle n'ajoute pas que Stéphane, ainsi buté, ressemble plus que jamais à son père. Elle n'ajoute pas qu'elle ne supportera pas longtemps qu'il la regarde d'un air bravache. Elle ne pense plus à l'école et aux résultats de Stéphane. Elle découvre que son fils a grandi et qu'elle ignore ce qu'il a en tête. Il lui parle si peu. Il n'a jamais obtenu de bons résultats à l'école, elle en avait pris son parti. La vraie nouveauté n'est pas là, mais dans cet air sombre et déterminé qu'elle découvre sur le visage de l'adolescent. Dans cette tristesse sauvage au fond de ses yeux, qui paraît venir de si loin que la mère s'en effraie. Car Stéphane, à cet instant, refoulé par l'école et montré du doigt par ses professeurs, ne lui fait pas honte et ne lui fait pas pitié : Stéphane lui fait peur. C'est pour ça qu'elle l'a giflé : pour se défendre en attaquant la première. Elle ne s'est pas encore demandé si le jugement du professeur est exact ou excessif ; il va lui falloir du temps pour le comprendre ou simplement l'admettre. Mais elle pressent une menace dans l'attitude de Stéphane, ramassée, hérissée. Une menace contre elle ne sait pas qui, ni quoi, quelque chose d'informulé et d'un peu farouche, qui lui fait craindre le pire et la tétanise sur place, privée de mot, incapable à la fois de prononcer les paroles réconfortantes dont Stéphane aurait besoin et de le secouer comme elle en aurait envie.

C'est Stéphane qui réagit le premier. Sans rien ajouter, il quitte la cuisine d'un pas décidé.

Chapitre 14

Le lendemain, Stéphane part au collège sans avoir revu sa mère. Elle est dans sa chambre, ou bien déjà partie. Elle le fuit. Dommage, il aurait bien aimé l'interroger avant de s'en aller. Vérifier, par un regard d'elle, une brimade, une moue, qu'il n'a pas rêvé, qu'il a bien osé, la veille, lui avouer son secret. Avec le jour, il n'en est plus très sûr. La lettre du collège a disparu de la cuisine. Et il confond si facilement, en ce moment, le rêve et la réalité !

Stéphane sort de l'appartement, la tête pleine de questions. Sans doute lui en veut-elle, mais de quoi ? Il sent bien que ce n'est pas seulement de ne pas réussir à l'école. Après tout, elle aurait bien pu s'en apercevoir avant ! D'ailleurs, qui sait si elle l'ignorait vraiment ? Tout en suivant son itinéraire habituel – le réverbère, la boutique de M. Grumbler, le kiosque à journaux, la poubelle-hippopotame –,

Stéphane sent des frissons lui parcourir le dos. Ce doit être cela ! Elle savait ! Elle ne lui en veut pas de ne pas savoir lire, mais de l'avoir laissé découvrir par les autres. Il aurait dû continuer à le cacher, à faire semblant, pendant encore deux ans, deux petites années. Peut-être même croit-elle pis, qu'il l'a proclamé devant sa classe, qu'il l'a revendiqué par défi, par provocation, comme il l'a fait devant elle. C'était quand, déjà, cette scène avec la gifle ? Quel jour ? Quel soir ? Quoi, c'était la veille, seulement ? D'ailleurs, est-ce qu'il ne l'a pas cherché, ce qui lui arrive ? Au fond, est-ce qu'il n'a pas tout fait, ces dernières semaines, pour que cela se sache, pour que cela se partage ? Regardez-moi, Stéphane Marchand, regardez comme j'ai du mal à lire, comme mes mensonges sonnent faux, comme mes prétextes sont mauvais...

La tête de Stéphane lui tourne un peu, quand il saute machinalement par-dessus les bornes du parvis de l'église. Il se sent tout d'un coup trop grand et trop fatigué pour suivre, comme chaque matin, le chemin balisé de l'école. Il s'arrête et regarde droit devant lui. D'habitude, à cet endroit-là, il traverse et marche, les yeux au sol, jusqu'à ce que le bas des grilles du collège pénètre lentement dans son champ de vision. Aujourd'hui, il se force à garder les yeux levés. Au bout de la rue, le profil gris et anguleux des bâtiments se découpe sur le ciel encore blanchâtre du matin. Stéphane l'observe longuement. Le collège aspire et avale continûment toute la population grouillant à sa périphérie.

Dix minutes se passent. Les rues alentour se clairsèment. Une sonnerie retentit, qui accélère le pas des derniers arrivants. Stéphane est toujours immobile, au bord du parvis. À quoi bon rejoindre les autres ? Après tout, pourquoi irait-il en cours ? Il n'est pas de ce monde. À présent, tout le monde le sait. Même M. Lambert, qui a sûrement déjà trouvé une citation littéraire sur son cas. Même Victor et ses copains de classe, qui ne vont plus dissimuler leurs sourires en coin et leurs messes basses. Même Solène, qui doit penser pis que pendre de lui. Même Adrien, qui va rejoindre seul leur vieux chêne, à la récréation, en rêvant de course automobile. Même lui.

Stéphane entend, sans bouger, la deuxième sonnerie. Il voit se refermer les portes du collège. Il reste encore longtemps à les contempler, de loin. Dehors. Il est au-dehors, et de tout. Première heure, cours d'anglais. Il imagine sa classe, sans lui, derrière les fenêtres du deuxième étage, en train d'écouter la leçon du jour et de répéter le vocabulaire nouveau, la langue entre les dents et le fou rire au fond de la gorge. Ses copains se passent très bien de lui. Il se passe très bien d'eux. Il ne s'est rien créé entre eux. Il y a bien... bah, Adrien, il est normal, lui, il se fera d'autres amis. Et Solène, après tout, il n'est même pas sûr qu'elle l'ait remarqué. Stéphane serre les dents, il ressent une impression bizarre, un petit tremblement du visage, un grondement dans la poitrine. Mais l'orage n'éclatera pas. Rien ne sera visible. Stéphane n'a pas l'habitude de pleurer. Et puis ce ne sont pas des larmes, c'est l'air un peu vif du matin qui a déposé dans ses yeux une légère brume, un peu de rosée. Stéphane renifle malgré lui et tourne les talons.

Quand sa mère lui demande, le soir venu, à quoi il a passé sa journée, Stéphane ne sait que répondre. Il ne ment pas, il ne cache rien. Mais il a oublié. Il a marché longtemps, en ville et au-delà. Au début, il regardait tout, par habitude : les vitrines, les journaux dans les kiosques, les gens dans les rues, les caisses de poissons sous les halles. Parfois, il s'arrêtait aux mots qu'il savait connaître, aux repères qu'il a disposés, depuis si longtemps, un peu partout dans le paysage de sa cité. Un nom de rue. Une enseigne. Mais à quoi bon ? De toute façon, il est, comment disent-ils ? Illettré. Stéphane a le sentiment d'avoir mérité un peu de repos. Alors, il a quitté la ville, pris le long des rives du fleuve, sur le chemin de halage. Combien de temps il a marché, il ne sait pas le dire. Quand il revient au port, les bateaux sont de retour. Il entre dans un supermarché, achète un sandwich, reste collé devant un téléviseur allumé, essaie une manette de jeu en démonstration. Chez lui, sa mère téléphone. Est-ce qu'elle s'inquiétait ? Est-ce qu'elle appelait le collège ? Elle raccroche en le voyant. Ils ne se parlent pas de tout le repas. Ou si peu. Un copain l'a appelé. Il a dit qu'il s'appelait Adrien. Il voulait savoir si Stéphane était malade.

— Qui est ce garçon ? Tu ne m'as jamais parlé de lui.

Stéphane, renfrogné, répond tête baissée sur son assiette de soupe. Eh bien, elle l'a dit, c'est un copain.

— Le conseiller d'éducation aussi a téléphoné. On a rendez-vous demain, tous les deux, avec ton professeur principal, mademoiselle Michel, c'est ça ?

— Mmmmm.

— Donc, t'étais pas au collège, aujourd'hui. T'as séché les cours ? J'avais l'air fin, moi, je n'étais même pas au courant. T'étais où ?

Stéphane esquisse un geste vague de la main, en direction de l'extérieur. Sa mère n'insiste pas. Ils terminent leur assiette de petits pois.

— Il y aura aussi l'orientateur scolaire. C'est bien comme ça qu'on dit ? Je n'ai pas bien compris, au téléphone.

Stéphane hausse les épaules, il s'en fiche. Ils se taisent. Au yaourt, elle ajoute qu'il y aura aussi un psychologue scolaire, un ou une, elle ne sait pas. Peut-être qu'ils trouveront une solution. C'est cela, peut-être, répond Stéphane.

Stéphane n'achève pas son repas. Sa fatigue est trop lourde, ce soir. Il faut qu'il la dépose sur le lit. Il a oublié pourquoi il se sentait si content, la veille. Il songe encore à Adrien, au moment de sombrer dans le sommeil. Est-ce qu'il sait ? Est-ce qu'ils l'ont prévenu que son copain était illettré ? Est-ce qu'ils l'ont mis en garde ? Demain. Stéphane réfléchira demain. Quand il est malade, son médecin prévient toujours sa mère, en rédigeant l'ordonnance : « Ce ne sont pas les antibiotiques qui fatiguent, c'est l'infection, mais attendez-vous à ce qu'il dorme, les prochains jours. » Ce soir, que ce soit à cause du mal ou des remèdes qu'on commence à chercher autour de lui, Stéphane a un besoin urgent et irrépressible de dormir.

Chapitre 15

Ils m'ont fait passer des tas de tests ils m'ont posé des tas de questions Miss Michel et deux autres que je ne connaissais pas avant ils m'ont fait lire et moi devant eux, sans compter maman, je suivais avec mon doigt, c'était plus fort que moi je ne pensais qu'à ça range ton doigt je me disais, à ça et à ma voix c'était pas ma voix ordinaire c'était ma ***voix de lecture****, elle est plus aiguë, une voix de petit garçon une voix qui a peur du noir une voix qui n'est pas à moi qui n'est pas moi qui dit n'importe quoi il ne faut pas la croire, cette voix-là moi je n'écoute pas ce qu'elle dit je m'en méfie eux ils n'écoutaient qu'elle pas moi, elle je voyais bien qu'ils faisaient plus attention à elle à ce qu'elle disait cette voix qu'à moi c'est après qu'ils m'ont posé leurs questions je ne sais plus ce qu'ils m'ont fait lire une histoire incroyable je leur ai dit* *pourtant qu'on pouvait pas écrire n'importe quoi fallait faire attention,   la psychologue m'a regardé sans rien dire   puis elle a commencé à poser des questions à ma mère, alors je leur ai dit que de toute façon, un jour, je partirai, loin, je serai marin je vivrai sur un bateau, maman a haussé les épaules, je commençais à l'énerver sérieusement mais j'ai répété pour quelle me croie et le type de l'orientation m'a dit qu'il chercherait des filières des formations, moi, j'ai toujours su qu'un jour ce serait possible.*

Mme Marchand les écoute, ces gens qui prétendent connaître son fils mieux qu'elle. Mlle Michel raconte le comportement de Stéphane en cours tel que l'ont décrit ses collègues, les numéros d'acteur du début de l'année, puis les colères, les mutismes et les mensonges des derniers temps. Ce n'est pas vrai. Cette femme ne parle pas de Stéphane, pas de son fils, elle le connaît, il est doux, renfermé peut-être mais sérieux, il travaille, il comprend, ce n'est pas lui, ces coups d'éclat, ces provocations qu'on lui décrit, pas lui, pas son fils à elle... Elle les écoute, d'une oreille de plus en plus distraite. Son regard, posé sur Stéphane, voit se superposer à lui une autre silhouette, d'autres silences et d'autres mensonges, qui remontent de profondeurs englouties. Le père de Stéphane est parti depuis si longtemps. Par quel destin son fils en vient-il à lui ressembler ? Muet comme lui. Ils ne se sont plus vus depuis tant d'années, maintenant. L'attention de Mme Marchand se réveille quand, d'un commun accord, tous, soudain, s'adressent à elle.

— Vraiment, vous ne vous étiez aperçue de rien ? s'étonne le professeur.

— Et votre mari, madame Marchand, quelles sont ses relations avec votre fils ? demande la psychologue.

— Pourquoi ne voulez-vous pas que Stéphane devienne marin ? interroge l'orientateur qui a surpris le signe d'agacement de la mère devant la déclaration du fils, auparavant.

— Naturellement, si vous le souhaitez, nous pouvons garder Stéphane pour ce dernier trimestre, s'il s'engage à ne pas perturber les cours, intervient à nouveau le professeur ; mais il faut mettre en place une vraie rééducation.

Mme Marchand ne se défend pas, ne répond pas. Que pourrait-elle dire, qui ne l'accuse davantage ? Elle se sent dans un tribunal et le verdict vient de tomber : coupable. Pourtant, eux non plus ne se sont aperçus de rien. Stéphane est son fils mais enseigner est leur métier. Les mots résonnent encore douloureusement en elle. Handicap, rééducation, réapprentissage, bon espoir de réinsertion dans un circuit normal. Stéphane est-il malade ? A-t-il subi un accident ? A-t-il volé, a-t-il tué ? Est-ce un délinquant ? Est-ce un fou ? Pour qui le prennent-ils, pour parler ainsi de lui, devant elle ? Furieuse mais impuissante, elle tourne les yeux vers Stéphane, assis sur le bord de sa chaise. Et devant lui ! Devant lui.

Alors, pour la première fois depuis que les difficultés scolaires de Stéphane ont commencé, il y a bien longtemps, quand elle le voit les mains dans ses poches, le menton enfoncé dans le col de son blouson, enroulé sur sa solitude et refermé à double tour, Mme Marchand se sent du même côté que son fils. Du même côté de la colère. Elle le regarde et elle sent fondre lentement sa rancœur. Cela coule en elle doucement comme un sang neuf, charriant dans des vagues de bonne chaleur des images oubliées, des souvenirs abandonnés. Des disputes et des retrouvailles entre la mère et le fils, des joies, des rires de vacances, des cadeaux de Noël et des chagrins, des chutes de vélo, des punitions. Pêle-mêle, tout ce qui les a jadis unis et réunis et qui les rend à présent, malgré tout, à nouveau solidaires, les deux dos voûtés, les deux têtes baissées, les deux regards échangés quand Stéphane, au moment de partir, se redresse.

Le retour est silencieux. On pourrait croire qu'ils rêvent. Et peut-être le font-ils, apaisés par le vent doux du crépuscule.

Les dernières paroles, en quittant le collège, ont été pour les vacances. Elles commencent bientôt. Ils pourraient partir, la mère a justement droit à une semaine de congé. Qu'est-ce qu'il en pense ?

— Tu ne me parles plus depuis des mois, Stéphane.

— Et toi, maman, et toi. Depuis combien de temps ?

Le lendemain, il le faut bien, Stéphane retourne au collège. Il arrive en retard. Dès les premiers regards, il comprend que toute la classe est au courant. Il pose ses affaires au fond de la salle, près du radiateur. Cours d'anglais. Mais ce pourrait être de maths ou d'histoire : de toute façon, Stéphane n'écoute rien. Mlle Michel ne lui a pas demandé d'aller chercher un mot de retard. Quoi, c'est si grave que ça, d'être illettré ? Ça lui donne des droits supplémentaires ? On va donc le ménager, après l'avoir descendu ? Il aimerait pouvoir se ficher des autres, mais il n'y parvient pas. Adrien lui a fait un petit signe de sympathie avec la main. C'est le seul. La plupart lui jettent des regards en douce, comme à un curieux animal, dans un zoo. Quand on se demande de quelle espèce il est et s'il va mordre ou non. Dans le groupe des transparents, deux filles ricanent en parlant de lui. Deux garçons aussi. Contents sans doute que quelqu'un se soit fait prendre. Comme cela, ils auront encore plus la paix. On va encore moins s'occuper d'eux, s'il y a un vrai « cas » dans la classe. Chez les fortiches, Émeline ne daigne pas le voir, mais Julien lui fait un signe de tête. Stéphane le prend mal. Il a pitié, Julien c'est ça ? Stéphane hausse les épaules. Mais c'est chez les chahuteurs de la classe que les réactions sont les plus vives. On se moque, on l'insulte, on lui fait un bras d'honneur. Aucune solidarité. Au contraire. Comme si le déshonneur allait rejaillir sur tout le groupe des « mauvais élèves ». Le plus agressif, c'est Victor. À l'interclasse, il bouscule Stéphane, le fait tomber, puis feint de l'aider à se relever – alors qu'en réalité, il l'en empêche :

— Pauvre petit Stéphane. Pauvre bébé. Faut pas être méchant avec lui, sinon il va appeler sa maman. Pleurer. Pisser au lit. C'est qu'il est tout petit, le Stéphane, il sait même pas encore lire, c'est tout dire !

Autour d'eux, le cercle des autres rient. Seul contre eux, Stéphane ne cherche même pas à se défendre. Assis par terre, il entoure ses genoux de ses bras. De toute façon, ils ont raison. Il ne va pas pleurer, il ne va pas appeler sa mère, mais pour le reste, c'est vrai, il ne sait même pas encore lire. Victor poursuit :

— Tiens, regarde, il y a ta nounou qui arrive pour te défendre.

Stéphane lève les yeux. Adrien se fraie un passage jusqu'à lui. Victor poursuit :

— Eh les gars, faites gaffe. V'là le *petit Adrien.* Maman, j'ai peur !

Adrien tend la main à son copain, pour l'aider à se relever. Stéphane se met debout tout seul.

— Casse-toi, Victor, lance Adrien. C'est facile de s'en prendre à lui, aujourd'hui. Vachement courageux, mec, t'as raison...

Les deux garçons s'éloignent. Un peu plus loin dans la cour, Stéphane aperçoit Solène. Elle aussi va le mépriser, sans doute. Mais Solène lui tourne le dos, occupée à discuter avec ses copines.

— N'empêche, j'aime mieux ça, dit soudain Adrien.

Et devant le silence de son ami, il ajoute :

— Ben oui. Je commençais à me demander ce que tu avais. Je pensais qu'il y avait un truc qui clochait, dans ta famille. Un truc que tu voulais cacher. Je voyais bien que tu avais honte. Un parent qui boit, ou qui frappe, ou pire. Alors j'aime mieux ça !

Et devant l'air surpris de Stéphane, il ajoute avec un sourire :

— Ben oui... lire, ça s'apprend !

Chapitre 16

Il ne faut pas trois jours à la mère de Stéphane pour trouver à louer un studio dans un chalet de Haute-Savoie. Aux premières heures du samedi suivant, la voiture, vite chargée, les emmène en vacances.

La conversation de la mère est maladroite. Elle se rapelle les conseils de la prof principale : « Parlez ensemble, disait-elle. Stéphane est en difficulté, mais il n'est ni bête ni ignorant. Quelque chose a coincé, au moment où il apprenait à lire. Depuis, il se dépatouille comme il peut avec les idées qu'il s'est mises en tête sur le monde et sur les mots. En discutant, vous l'aiderez à y voir clair. »

Sur le moment, Mme Marchand s'était rassurée. Après tout, peut-être vont-ils les aider, eux, les gens de l'école. Ils doivent bien avoir des méthodes, des solutions, il faut leur faire confiance. Mais depuis... Parler, parler, elle en a de bonnes, la prof ! Mais pour se dire quoi ? Et par où commencer ? Quels mots seraient importants ? Et lesquels à éviter ? Elle n'a pas poussé bien loin les études, elle. Mais elle a bien vu que les autres la jugeaient coupable. La façon dont elle se débrouille dans l'existence, avec ce garçon à élever toute seule, qui s'en préoccupe ?

Mme Marchand ravale un soupir et jette un coup d'œil dans le rétroviseur intérieur. Allons, il ne s'agit pas d'elle. « Ne pensez pas à vous, lui avait dit quelqu'un, la psychologue peut-être, à la réunion. Il n'y a pas de honte à avoir, et rien à reprocher à Stéphane. » Cela se voulait gentil, dans la bouche de la femme. D'une certaine façon, ça l'était, en effet. Mais a-t-elle jamais fait autre chose que de penser à son fils, durant toutes ces années ?

A-t-elle jamais pensé à elle ? Quelqu'un a-t-il jamais pensé à elle, depuis le départ de son mari, et même avant ? « Vraiment, vous ne vous étiez aperçue de rien ? » Elle n'arrête pas de se répéter les mots du professeur. Eh bien non, il faut croire qu'elle ne voit rien de rien. Elle a mis deux ans à comprendre que son mari en aimait une autre, et six à découvrir que son fils ne lisait pas. Elle est aveugle ou quoi ? Que s'est-il passé ? Quand ? L'a-t-elle trop couvé ? Ou pas assez ? Tout devient possible. Mme Marchand ne sait plus. Nouveau coup d'œil au rétroviseur. Stéphane est assis derrière elle, il regarde par la fenêtre. Il pense aux cerisiers qui mènent à sa grand-mère. Il n'en verra pas les fleurs, cette année. Il espère qu'il en mangera quelques fruits, avant les grandes vacances, quand tout cela sera fini. Plus tard.

Les jours suivants, rien ne se passe comme Mme Marchand l'a prévu. Elle avait espéré une sorte de miracle. Le dépaysement, le temps libre, les mises au point des jours précédents, la perspective de rendez-vous avec des spécialistes. On lui a dit de parler, elle parle. De son travail, de leurs voisins, de leur époque. Elle se force. Elle est vite à court de sujets. Dans les magasins, elle écoute les conversations des mères et de leurs enfants, se demandant comment ils font pour que cela ait l'air aussi naturel de bavarder, pour que cela sorte tout seul, que cela jaillisse entre eux, parmi les conserves, à la queue des caisses, n'importe où, n'importe quand.

Les jours passent. Mme Marchand poursuit son monologue, entrecoupé de silences, comme un hoquet. Elle ne voit plus très bien la nécessité de tout cela. Elle se souvient d'une vague recommandation en ce sens. Mais pourquoi, déjà ? Et surtout, quel rapport avec les notes de Stéphane ? Stéphane qui ne dit rien, ou si peu. Ses écouteurs sur les oreilles, il marche au bord du lac, il marche en ville, il marche dans l'appartement, le soir, il marche dans sa chambre. À quel cheminement intérieur correspondent toutes ces allées et venues ? C'est ce que sa mère ignore : il ne laisse rien paraître. Fermé comme une huître. Et agressif avec cela. Aussi, dès le troisième jour, fait-elle moins d'efforts. Tout ne peut pas venir d'elle. Il exagère. Et puis c'est un garçon, elle ne sait pas ce que peut avoir en tête un garçon de quatorze ans, ou presque. Avec une fille, ce serait plus facile. Si seulement son père était là, il pourrait peut-être lui parler, lui. Après tout, c'est de sa faute à lui. Plus qu'à elle. S'il n'était pas parti. S'il ne l'avait pas trompée. Si, si...

Le samedi suivant, le voyage de retour est encore plus silencieux que l'aller. Stéphane a pourtant pris des couleurs, il a l'air reposé. Mme Marchand, qui retourne à son travail deux jours plus tard, se demande avec inquiétude à quoi il occupera ses journées, durant sa deuxième semaine de vacances. Si au moins il pratiquait un sport ! S'il jouait de la musique avec ses copains ! S'il avait des copains. Mais non, c'est télé toute la journée. Il y a bien cet Adrien, qui a téléphoné avant les vacances. Mais elle n'ose pas suggérer à Stéphane de l'inviter : depuis des années, ils se sont tacitement entendus pour vivre en vase clos, sans visite, ni pour elle ni pour lui. Elle ne sait pas pourquoi. Une habitude, sans doute.

À l'appartement, ils retrouvent la boîte aux lettres pleine à ras bord. Des prospectus, des factures, des publicités, un questionnaire. La mère de Stéphane se retient de lui demander de trier le courrier. Elle a failli oublier : il ne sait pas lire. Elle coince, sans rien dire, le paquet de papiers sous son bras. Stéphane a perçu l'hésitation de sa mère. Il n'en montre rien, mais il en a compris le sens. Depuis dix jours qu'elle sait, elle le tient à l'écart de toute chose écrite. Et, de fait, pour Stéphane, c'est reposant. Plus la moindre nécessité de déchiffrer quoi que ce soit. Plus le moindre besoin de lire, pour faire semblant ou pour se guider. Il laisse son regard glisser sur les lettres comme sur une surface gelée. Ce qui se cache derrière cette épaisseur de glace, il ne veut plus le savoir. Chacun son monde. Le sien est moins bavard. Stéphane entrevoit bien qu'il risque d'oublier le peu qu'il a appris, mais après tant d'années passées à dissimuler, à jouer le jeu, à apprendre par cœur le rôle à y tenir et réciter, la tentation est trop grande de se laisser totalement prendre en charge. Il y cède sans remords et sans scrupule. On va s'occuper de lui, sa mère, des professeurs, des gens dont c'est le métier. Il ne sait pas pourquoi il n'a pas réussi à apprendre à lire. Mais à qui le demander ? À qui demander quoi que ce soit, d'ailleurs. Même interroger sa mère sur son père, il n'ose pas. Parfois, comme ça, très vite, dans un éclair de pensée, ça le traverse, il a envie de dire, mais maman, arrête de me parler du prix des céréales, parle-moi plutôt de mon père, dis-moi ce qu'il est devenu. Mais les mots ne sortent pas et après, c'est trop tard, la pensée de Stéphane s'échappe ailleurs. Et lui, il s'abandonne, il se laisse glisser, comme un patineur, c'est tellement plus tranquille.

C'est Adrien qui, sans le vouloir, de nouveau, le sort de cette torpeur. Stéphane est en pyjama devant la télévision quand le téléphone sonne, le lundi midi. La voix d'Adrien au bout du fil... et c'est comme si, tout d'un coup, la glace se fendait sous les pas du patineur, dans un bruit de vitre brisée, comme si, brutalement réveillé, Stéphane se trouvait entraîné au fond du trou, sous une eau noire et froide.

Pendant que son ami lui raconte sa première semaine de vacances, Stéphane revoit les événements récents. Les paysages de montagne, les pizzerias avec sa mère, le petit café sur la place, au soleil d'avril. Il se sent engourdi. Il a le réveil difficile, après un sommeil de dix jours et dix nuits. Il lui semble qu'il a quelque chose à faire, mais quoi ? Tout en écoutant la voix d'Adrien, Stéphane se voit, dans la glace du vestibule, la veste de pyjama ouverte, les cheveux hirsutes. Cet appel le ramène dans la cour du collège, sous le vieux chêne. Et soudain, tout lui revient en mémoire, comme dans un film qui se déroule à l'envers, l'odeur des couloirs, le ciment de la cour, les barreaux du garage à vélos, sa place à l'avant-dernier rang, près de la fenêtre, le collège, la réunion avec des gens qu'il ne connaissait pas et encore auparavant, le bulletin, avec ce mot bizarre en bas de la page, souligné deux fois, un mot qui avait tout déclenché, un mot qu'il a oublié mais qu'il n'a pas rêvé, il en est sûr, maintenant, même si sa mère ne l'a pas prononcé de toutes les vacances, même si elle l'a bercé, endormi, en lui parlant de tout autre chose. Ragaillardi, Stéphane propose à son ami de le rejoindre au centre commercial.

Ils se retrouvent à l'entrée. Direction le verre de Coca à la brasserie. Soudain, dans la vitrine de la maison de la presse, Adrien repère une Ferrari miniature. Cela lui rappelle que son père a promis de l'emmener voir une vraie course de Formule 1 s'il passait en cinquième avec plus de 10 de moyenne générale. Il en informe Stéphane, puis hésite.

— Et toi, qu'est-ce que tu vas faire ?

En quelques mots, Stéphane lui résume la réunion.

— Et puis ils disent que j'ai besoin de soutien, ils parlent de me mettre dans une structure spéciale. Je vais peut-être pas pouvoir finir l'année dans la classe. On verra.

— Quoi ? Pas question ! Ils peuvent pas te virer comme ça !

Adrien cherche ses mots. Ce n'est pas croyable, il y en a des pires, quand même, dans la classe, pourquoi ils s'acharneraient sur Stéphane ? Il n'insulte personne, il ne fiche même pas le foutoir. Pourquoi ne s'en prennent-ils pas à Victor, plutôt ? Du soutien, d'accord, pour qu'il règle cette histoire de lecture, mais dans la classe, dans le collège ! Pour une fois qu'il avait un vrai copain ! Qu'est-ce qu'il en a à faire, lui, Adrien, de la moyenne de Stéphane ? Avec qui est-ce qu'il ira pêcher les étoiles sous le vieux chêne, si Stéphane s'en va ?

Malgré lui, Stéphane sourit. Il sait bien que ce n'est pas si simple, de tout réapprendre. La psychologue a parlé de blocage, ou d'un truc du genre. Mais pour l'instant, ce qui est important, c'est ça : l'indignation, la déception, le sentiment d'une grande injustice chez son copain...

Et soudain, c'est aussi cela : assises à leur brasserie habituelle, sur leurs sièges, il y a Solène et ses copines. Ils les ont vues trop tard. Impossible de faire demi-tour. D'ailleurs, Adrien leur a déjà fait signe. Stéphane s'approche, mais pas trop. Adrien parle aux deux autres filles. Solène se tait. Stéphane aussi. Mais leurs regards, insensiblement, glissent l'un vers l'autre. Et dans celui de Solène, il n'y a plus de tristesse, et plus aucune déception.

— Je me trompe, ou tu as un ticket, avec Solène ? lui demande Adrien, un peu plus tard, quand ils ont quitté le centre.

— Tu te trompes, répond Stéphane, brusquement. Qu'est-ce que tu veux qu'elle fasse d'un type comme moi, qui ne sait même pas lire ?

— À mon avis, ce qui ne lui plaisait pas, c'était de penser que tu devenais comme Victor, à jouer les durs. Pour le reste, euh... il n'y a pas que la lecture dans la vie, hein ? Surtout avec les filles !

Et le clin d'œil dont Adrien accompagne son propos est si lourd, mais si comique, que Stéphane se met à pouffer de rire. Et ce rire se met à enfler, à grossir, à devenir énorme... Ce rire qui vient des zones les plus enfouies en lui, se met à gravir l'un après l'autre les échelons qui mènent de ses entrailles à sa gorge, franchit le seuil des lèvres, s'élève et remplit l'air autour de lui, de plus en plus fort, de plus en plus clair, ce rire s'entortille autour d'Adrien, l'emporte avec lui, ce qui fait qu'ils sont deux à présent à rire, sous les regards attendris des passants, heureux de voir que jeunesse s'amuse, d'un rire qui monte en volutes jusqu'au ciel.

CHAPITRE 17

Lorsqu'il rentre chez lui, le soir, c'est lui qui s'assoit à la table de la cuisine pour accueillir sa mère, à la place où elle l'attendait, le jour du bulletin. Et c'est comme s'ils reprenaient la conversation là où ils l'avaient laissée dix jours auparavant. C'est lui qui commence :

— Je dois voir l'orientateur. Plus tard, je serai marin, tu le sais ? Tu es d'accord ?

— Je t'ai entendu le dire. Mais je n'y crois pas trop. Tu dis toujours « plus tard » : c'est pratique, ça, « plus tard ». Quand on est petit, on dit : quand je serai grand. Seulement voilà, toi, tu es grand maintenant, et tu continues à parler de « plus tard ». Et en attendant, le présent passe. Et puis marin, ce n'est pas facile, tu sais. Je ne dis pas que tu ne peux pas apprendre le métier, mais c'est pas une vie facile, partir par tous les temps, partir pour longtemps parfois, et si ça se trouve, un jour de tempête, partir pour toujours, non, ça, tu vois, ne me demande pas d'être contente de ce choix-là. Maintenant, si c'est vraiment ce que tu veux, je ne t'en empêcherai pas. Faut croire que je ne sais pas retenir quelqu'un à la maison, pour que tu veuilles partir, toi aussi. Tu feras comme ton père, quoi. D'ailleurs, tu te mets à lui ressembler tellement.

Elle a parlé d'une traite, sans colère, sans hausser la voix. Stéphane laisse passer un moment avant de réagir. Il n'est pas sûr d'avoir entendu, d'avoir compris. Elle a parlé de son père ? Elle a bien parlé de son père ?

— Mon père ?

— Ben oui, ton père, pardi, quelle question ! Ah, il nous a bien laissé tomber, celui-là. Il pourrait être mort, pour nous, ça ne ferait pas de différence. Pas le moindre signe de vie, depuis qu'il est parti.

Aucune différence ? Stéphane ouvre grand les yeux, sa mâchoire s'entrouvre devant des mots qui ne sortent pas encore. Pourtant quelque chose vient d'exploser en lui. Il répète les paroles de sa mère, car tout au fond de lui, ces mots en ont reconnu d'autres, anciens, poussiéreux, et cela fait comme de l'écho dans sa mémoire. Ton père est parti, parti... donc il n'est pas mort, pas mort... La révélation est brutale et pourtant, en même temps, au fond de lui, tout au fond, Stéphane n'est pas totalement surpris. Une partie de lui l'espérait, s'y attendait, même, peut-être. Voilà donc pourquoi il s'était senti si bizarre en disant à Adrien que son père était mort ! Pourquoi il n'y a pas de tombe. Pourquoi il ne croyait pas lui-même à cette histoire de maladie dont il aurait oublié le nom. Les mots, à voix haute, ne collaient pas l'un à l'autre, refusaient de prendre corps et de former, ensemble, une réalité. Les mots ne disaient pas la vérité. Mais Stéphane ne savait pas non plus que c'était un mensonge.

Quand l'étourdissement passe et que Stéphane reprend conscience de ce qui l'entoure, sa mère, qui tient sa main entre les siennes, a déjà entrepris de tout raconter. Elle parle par secousses en tapotant la paume de son fils :

— Mon pauvre enfant, mon petit... quoi... tu croyais... mais comment est-ce possible... tu ne te souviens donc pas, mon pauvre petit, t'avais quoi, six ans, tu étais là pourtant, le matin où il nous a quittés, mais enfin, rappelle-toi, Stéphane... ce n'est pas possible, que tu aies cru... que tu aies pensé... mon grand.

Les mots qu'on dit d'habitude pour consoler de la perte d'un père, sa mère les lui offre alors que Stéphane vient de voir le sien renaître.

Lorsqu'il se couche, cette nuit-là, le fil des événements qui s'était rompu quelques années auparavant s'est renoué autour de Stéphane et a commencé à recoudre ensemble les morceaux de son histoire. Pour une fois, le garçon ne se roule pas en boule au fond de son lit mais s'allonge sur son dos, de tout son long, les bras repliés sous sa tête. Il était une fois un homme, qui avait un petit garçon, lui, Stéphane, et une femme. Ce n'est pas un conte de fées, l'histoire est même banale, mais c'est la sienne et Stéphane se la raconte à nouveau avant de s'endormir.

L'homme, son père, travaillait comme représentant de commerce pour le compte d'un gros producteur de vin qui avait des antennes dans toute la France. C'était un métier qui faisait voyager, qui faisait voir des gens. Beaucoup de gens. Et dans cette quantité de gens, un jour – Stéphane devait avoir deux-trois ans – il s'est trouvé une femme, que son père a peu à peu préférée à sa mère. Cette dernière l'a compris. Ils ont commencé à se disputer, à se dire des choses qu'on ne doit pas dire, à faire des gestes qu'on ne peut pas oublier. Au bout de deux ans de cris, de coups et de scènes quotidiennes, le père est parti rejoindre l'autre femme. Ils n'étaient pas mariés, ils se sont séparés et ne se sont jamais revus. Sa mère a gardé Stéphane : pas question qu'une autre femme l'approche et l'embrasse, lui aussi, ne serait-ce qu'un week-end par mois. Elle a exigé du père qu'il ne cherche pas à les revoir, moyennant quoi elle a promis de ne lui demander jamais aucune pension alimentaire ni quoi que ce soit pour l'éducation de leur garçon. Le père a crié plus fort, puis il a fini par céder. Quand elle y réfléchit maintenant, la mère se dit que c'est sans doute sous l'influence de l'autre femme, trop heureuse de couper tous les ponts avec le passé et de ne pas verser un sou. Le père a laissé une lettre à son fils, en partant, pour lui expliquer tout ça. Stéphane ne se souvient pas de cette lettre. Quand sa mère lui affirme avec force qu'elle la lui a donnée, à l'époque, il esquisse un petit sourire triste. De toute façon, il ne l'a jamais lue.

— Mais quand même, tu aurais pu m'expliquer.

— Tu étais si jeune... Et puis, je te l'ai dit, qu'il nous avait quittés. Je ne pouvais pas prévoir que tu allais l'interpréter comme tu l'as fait. Tu es allé passer quelques jours chez ta grand-mère, pendant que je réorganisais l'appartement. Tu n'as jamais posé aucune question. Tu aurais pu, tu ne l'as pas fait. Je croyais que tu avais compris. Je croyais que tu avais lu cette lettre. Je croyais que c'était mieux comme ça, pour tout le monde. Je croyais.

— Tu m'avais interdit de parler de lui.

— Mais tu prends toujours tout à la lettre ! Est-ce que les mots sont si importants, à la fin ? Est-ce qu'on ne peut pas dire des choses qu'on ne pense pas vraiment ? Et puis d'ailleurs, interdit ou pas, tu ne fais pas toujours ce que je te demande.

— Mais moi, je croyais qu'il avait disparu pour de vrai !

Stéphane baisse la voix.

— Je croyais que, enfin non, je ne le croyais pas non plus vraiment, mais je ne savais pas trop... Voilà, c'est ça : je ne savais pas quoi penser... Donc, il n'est pas mort ! Il ne s'est pas suicidé ?

Stéphane est le premier surpris par ce mot, qui sort de lui, comme ça, d'un coup, sans prévenir. Il ne savait même pas qu'il avait cette peur-là, au fond de lui. Mais ce mot de « suicide » une fois sorti, balayé par une vague de sanglots, secs d'abord, puis mouillés de vraies larmes, comme il le soulage ! Tout est dit, cette fois. La mère n'ajoute plus rien. Elle prend son enfant par les épaules et le berce doucement.

Les jours suivants, Stéphane cherche partout cette lettre. Sa mère ne sait pas ce qu'elle est devenue. Si elle l'a gardée, ou non. C'est un travail considérable. Quand sa mère revient du bureau, elle l'aide, pour lui faire gagner du temps. Peut-être a-t-elle le sentiment qu'il en a déjà assez perdu. Ils trient les papiers qu'ils exhument de vieux cartons. En vain. La lettre a disparu. La déception de Stéphane est immense. Pour une fois qu'il souhaitait si fort lire un papier !

Mme Marchand voit une tristesse nouvelle durcir les traits de son fils. Elle lui a rendu un père, mais quel père ? Ce silence, cette absence d'explication... C'est comme s'il l'abandonnait de nouveau. Il faut qu'ils reprennent contact. Aussi, le dernier dimanche des vacances de Pâques, prend-elle une grande initiative. Elle fait taire sa fierté, son amour-propre, et décide d'écrire au père de son enfant.

18. Épilogue

Ce matin le soleil a séché la rosée dès les premiers rayons.

Stéphane ouvre sa fenêtre et aspire une grande bouffée d'air. Depuis une semaine, c'est l'été et, dans une semaine, les grilles du collège se refermeront pour deux mois de vacances.

Finalement, le vieux chêne a reverdi, cette année encore.

Adrien et son père iront passer deux jours au Mans, pour les Vingt-Quatre Heures automobiles.

Stéphane peut terminer son année de sixième : les résultats n'ont pas encore connu d'amélioration, mais le dernier bulletin souligne un « changement spectaculaire dans l'attitude » du garçon, plus ouvert, plus confiant. Vu l'âge, on ne l'autorise pas à redoubler. Il est « admis en cinquième sous condition », c'est-à-dire s'il poursuit d'énormes efforts. Depuis un mois, après les cours, il suit des séances de rattrapage. Il y passera tout l'été s'il le faut. À la rentrée, il doit savoir lire. On lui fera passer un test. Cette perspective lui faisait peur, au début, mais les faits l'ont rassuré : d'ailleurs, ils sont une dizaine, d'âges variables, venus de différents établissements. Il y a même des adultes qui ne savent pas lire. Et lui qui croyait qu'il était un cas unique !

Après le dernier conseil de classe, M. Lambert est venu lui parler. Quand il le voit, Stéphane s'attend à entendre une citation, un mot d'auteur mais non, son professeur lui a tendu simplement la main.

— Je ne sais pas ce que je vous aurai enseigné, cette année, Marchand ; en tout cas, vous, vous m'avez beaucoup appris sur mon métier. Il va falloir que je retourne à l'école, moi aussi : l'école de la vie !

Au cours suivant, il leur demande d'inventer la fin d'une histoire policière dont il leur lit le premier épisode. Ils ont déjà fait un exercice semblable au début de l'année. À eux de montrer ce qu'ils ont appris, entre deux. La première fois, n'ayant rien su écrire, Stéphane avait dû improviser un récit oral, quand il avait été interrogé. Il avait imaginé une série de quiproquos invraisemblables et incohérents, qui massacrait les victimes avec les coupables et mêlait les armes laser aux obus de la dernière guerre. Cette fois non plus, Stéphane ne manque pas d'idées. Il veut raconter l'enquête du détective Marlin (il prononce Marline). Comment il cherche et ce qu'il trouve, malgré les dangers et les mensonges. Stéphane a tout dans la tête, en vrac. Mais c'est l'écrire, qu'on lui demande de faire. Heureusement, l'exercice ne sera pas noté et ils ont le droit de travailler en groupe. Adrien et lui se mettent aussitôt à l'œuvre – depuis peu, ils occupent, en classe, les deux places de gauche, au troisième rang. Ils parlent, ils inventent le scénario, Adrien prend quelques notes. De temps en temps, Lambert vient les voir, les écoute, pose quelques questions qui les obligent à être plus logiques, plus précis, puis repart. Les notes d'Adrien sont pleines de ratures. Un quart d'heure avant la fin, il se décide à tout mettre au propre. Alors, presque naturellement, Stéphane aussi prend son stylo.

Histoire de Marlin (un détective très gros, très fort, très malin). Au début, on connaît l'assassin (le frère, qui voulait l'héritage) mais pas la victime (le corps a disparu). En fait, l'arme du crime (un couteau de cuisine) ne coupe pas (c'est pas du vrai sang dessus). À la fin, on apprend qu'il n'y a pas eu crime (les frères étaient d'accord).

Au moment de remettre sa feuille à Lambert, Stéphane est tout surpris. Quoi, ce n'est que cela !

Bien sûr, il a recopié quelques phrases que lui a montrées Adrien, et non pas vraiment *écrit* tout seul un texte ; bien sûr, Julien, devant eux, a rédigé quatre pages en deux heures ; et même Victor, avec François, remettent au prof en pouffant une feuille qui a l'air plus remplie que la leur. N'empêche : il vient d'inventer sa première histoire. Il pose la feuille sur sa paume ouverte et la regarde. Elle est si légère. Il souffle, elle s'envole : ils sont quittes. Lambert la rattrape au vol et la lit. De l'histoire, il ne dit rien. Mais de Stéphane, il pronostique en riant :

— En amour aussi, c'est le premier pas qui coûte. Comme dit le poète : « On n'est pas sérieux quand on a dix-sept ans. » Soyez moins sérieux, Stéphane, vous avez le temps.

Stéphane rougit : il sent sur sa nuque le regard de Solène, assise derrière lui. Depuis quelques jours, ils ont l'habitude de se retrouver ensemble, entre les cours, Adrien, Stéphane, Solène et ses copines. Victor se moquerait d'eux s'il n'avait pas autre chose en tête : il s'affiche avec Aline, main dans la main et oreille contre oreille, vu qu'ils partagent maintenant ses écouteurs. Avec Solène, Stéphane n'en est pas encore là. Mais ils se parlent. Pour l'instant, il y a ce que disent leurs mots, des choses et d'autres sur les profs, les copains... Et il y a ce que disent leurs yeux. Des choses beaucoup plus intéressantes, et pleines de promesses, sur eux deux.

Stéphane referme sa fenêtre. Les vacances, dans une semaine, cela signifie que dans huit jours exactement, il va revoir son père. La lettre vient d'arriver. Adressée à Stéphane Marchand. Il l'a trouvée la veille, en rentrant de l'école. Sur le cachet, l'église et les remparts d'une ville côtière. Au dos, un nom, que Stéphane déchiffre avec une émotion grandissante : Pierre Marchand, et une adresse. Peut-être pour la réponse, l'adresse. Stéphane ne sait pas que sa mère a écrit à son père. Qu'elle a expliqué le malentendu. Qu'elle lui a demandé d'envoyer un petit mot, pas trop long, aux lettres pas trop mal formées, pour qu'il puisse le lire facilement tout seul. Stéphane ne le sait pas. Il sait seulement qu'il y a une lettre. Pour lui. Il la voit, il la renifle, il la tourne et la retourne entre ses doigts, il déchire soigneusement l'enveloppe, il sort le papier, le déplie, le regarde, le dévore des yeux. Pour une fois, au moment de lire, Stéphane n'a pas peur. Il ne pense pas qu'il ne va pas y arriver : il sait, au contraire, il en est sûr et certain, qu'il va tout lire, tout comprendre, tout retenir, à jamais. La lettre est brève. Quelques mots pour l'avenir. Le père est content de lui écrire ; Stéphane pourrait peut-être venir, aux prochaines vacances, passer un moment avec lui ; ils pourraient fêter ensemble ses quatorze ans. Et puis, dans la baie, juste à côté, il a repéré un bon coin : ils pourront pêcher des petites crevettes grises.

Ella Balaert

L'auteur a vécu son enfance au bord de la mer, face au mont Saint-Michel, avant de s'installer, avec ses trois enfants, en bordure de forêt, puis de nouveau près de la Seine, à Paris. Elle a suivi des études de Lettres et aussi changé plusieurs fois de métier avant de pouvoir faire ce qu'elle aime : écrire des histoires, pour les jeunes et les adultes. Elle y consacre désormais son temps et anime des ateliers d'écriture.

Site Internet : http://ellabalaert.wordpress.com

Frédéric Rébéna

L'illustrateur de la couverture est né à Clermont, dans l'Oise. Après des études à l'ENSAD, il se dirige vers la bande dessinée. Il travaille essentiellement pour la presse, l'édition et la publicité. Il réalise également des pochettes de disques.

TABLE DES MATIÈRES

Composé par Nord Compo Multimédia
7, rue de Fives, 59650 Villeneuve-d'Ascq

Dépôt légal : avril 2012
N° d'édition : L.01EJEN000835.C005
Loi n° 49-956 du 16 juillet 1949
sur les publications destinées à la jeunesse
Imprimé en Espagne par Novoprint (Barcelone)